U0099373

三民叢刊 223

與自己共舞

簡宛 著

三民書局 印行

薇薇夫人序

薇薇夫人

我第一次跳舞是簡宛教的，就是去年底，我已是個退休的資深公民，在簡宛主辦的「海外華人女作家協會」的會期中。會後賞楓之旅，晚間投宿旅舍，飯後有人搬出音樂，立刻就有人翩翩起舞。我一向在這種場合既怯場又卻步，但又有點羨慕舞者的自在，快樂、忘我。不久，我發現簡宛加入，而且讓我驚訝的是她舞起來輕盈多姿、婀娜柔美，喲！我竟不知這位老友有這份才藝。她馬上看到我呆坐一旁，拉起我要教我跳舞。我忸怩不肯，她連勸帶誘：「很容易學的，這種美國土風舞保證你幾分鐘就會！」

這就是簡宛，她總是細心體貼對待朋友，而且絕不冷落朋友，更在自己快樂的時候，也讓朋友快樂。那晚我真的學會跳舞，並且從手足無措的笨拙到終於跟上音樂，享受手舞足蹈的自在、快樂、忘我。

《與自己共舞》重新出版，囑我寫序，我很自然的聯想到這第一次學舞的美好回憶。其實我早該想到簡宛會跳舞，因為她有「最可塑」的多樣性性格：堅持原則但接受改變，柔軟卻也剛強，謙和但有勇氣挑戰……她的性格在經過接受專業教育和人生的歷練以後，成為她的理念並身體力行。用文字表達，就是這本《與自己共舞》。

簡宛在前言裡說：「與自己共舞的第一個意義是先接納自己，做自己喜歡的事，好或不好是別人的評價……越接近自己越快樂。另一個意義是，不能改變的事，不如與之共舞，去接受事實，也許反而有了轉機。」這是一個真正成熟的人對人生的體驗。而她用這種態度生活，不刻意追求，卻有了極為豐碩的成就。

她相信婚姻，但卻不讓柴米油鹽把自己淹死。縱然等了十年，孩子離手後立刻去繼續學業，因為讀書是她喜歡的事。她只管寫作，不問掌聲和回饋，因為寫作是她喜歡的事。她與婚姻共舞，因為她不願改變這個事實，於是她有了朋友們稱羨的婚姻。當然這絕不能忽略了她的伴侶石家興，我建議讀者一定要讀附錄中的〈為父之言〉，最後一段幾乎可以說是婚姻的經典描述：

朋友開玩笑說：

「恭喜你們，孩子的成就，恐怕都是媽媽的功勞吧！」

我同意地說：

「孩子好，當然是媽媽的功勞。」

簡聽了很高興，但是她接著說：

「孩子好，是媽媽的功勞，媽媽好，是爸爸的功勞。」

這一小段，我認為足夠婚姻中有子女的夫婦細細咀嚼了。

簡宛與自己喜歡的寫作讀書共舞，結果她的獨舞變成了與眾人共舞。喜歡讀她作品的人廣散在華人群中，很多人摘取她書中的菁華作為人生的指針，體會她的生活智慧。有緣和她共處的人，喜歡她的真情，欣賞她的幹練卻又不會咄咄逼人。她在北卡所創辦的書友會會員讓這次參加「女作協大會」的人真心稱讚，所有北卡書友會幹部都展現出熱情、體貼，出錢出力協助會務。簡宛極少干預，但她絕對是中心主力。她有句名言是：「『成就』與『欣賞』是不同的，若人人追求的是成就，那麼又有誰來欣賞別人的成就呢？」（頁七十七）對了，她就是懂得欣賞別人，讓別人激發出更多的潛力。

寫序，似乎應以介紹這本書為主，但我喜歡談簡宛這個人，因為她人如其文。認識這個人以後會喜歡她的思想、觀念，當然也會喜歡她的文章。和簡宛相識、相知二十多年，因為兩地遙隔，每次見面都是匆匆。去年晚秋開會時膩在一起五六天，有更深一層的認識。更感受到她散發的個人魅力：自在、體貼、溫暖、快樂、機智、幽默、開朗，難怪自己也十分傑出的石家興經常掛在嘴邊的一句話是：「一切從『簡』。」跟她在一起，我也不由得一切從「簡」了。

不管社會如何變遷，人生有些價價觀是歷久彌新的，尤其是婚姻、情感以及自我成長。偶爾在書店翻閱一些關於心靈、情愛的新書，包裝都精緻了，但內容有太多似曾相識，很多話早就有人說過了，足見有些道理並沒改變。因此《與自己共舞》雖是重新出版，卻絕對值得一讀再讀。

喜歡簡宛，當然是臭味相投。不過一個活得好的人提供的人生體驗是可以參考的，這不是我對朋友的偏袒。

幾個月後，簡宛教我的舞步已然忘掉，但那回憶依舊美好。放一段音樂、自創舞步，我已得到手舞足蹈的自在、快樂、忘我。「與自己共舞」，真好！

二〇〇一年春於新店

充滿中國情的簡宛

1.「這件事」發生了

說真的，簡宛的新書：《與自己共舞》要出版了，怎麼樣也輪不到我寫「序」：論輩份我比簡宛小些，我是她妹妹靜惠的好朋友；論文墨我算是小巫；論知名度簡宛也響亮；論友誼，和她妹妹相交顯然比和簡宛長和深。

但「這件事」竟然發生了。

答案，好像在我看了電影「修女也瘋狂」後，找到了些許蛛絲。

那一天，散場後和靜惠走出戲院，我一路上就想著，這導演可真鮮，怎麼題材動到修女頭上去，穿著道袍的修女一向給人安靜、肅穆、幽雅的印象，但電影裡那一群都已上了年紀的修女們，竟然活潑、朝氣、風趣外還十分合乎「人性」。喜劇的電影，看得我們哈哈笑外，也還十分欣賞，因為那當中也給了我們不少人生的啟示——人，為什麼一定要活在一成不變、傳統固定的模式裡呢？

終於，我為簡宛新書寫序找到了「理由」，就不自量力的「答應」了下來。

2.和簡宛聊天

也好，我是個喜歡聊天的人，把「序」當作聊天不妨。因為我喜歡「聊」字的無拘無束，也愛「天」字的無所不包。聊天的方式可以不拘：最近我到洪建全基金會聽傳佩榮教授講「西方心靈品味」的課，享受課堂上的興味是一種；而和朋友擺龍門、動口舌享受面對面聊天的情趣是另一種，有時候「打電話」和有共鳴的朋友閒聊，一聊就不知所終，「時間」更不在話下。要不，坐下來捧一本書和作者共享文采，近日我就沈迷在大陸作家余秋雨先生的「藝術創造工程」裡而任令自己陶然不已。今天，借寫序之便，我更沈潛在簡宛新書「與自己共舞」裡。

和簡宛「聊天」，你常常可以從文字裡讀到她的「人」——「真誠」、「關懷」外還帶著「體諒」和你「溝通」。

她說幸福有「四喜」——真誠、關懷、體諒和溝通（見〈四喜之福〉），這不也就是她自己的寫照，生活的體驗嗎？喜歡簡宛的娓娓道來，正因為她言談間不時流露的理性中的人情味，和人情中不失的理性。

3.充滿中國情的簡宛

中國人常常講「一夜夫妻百日恩」，在簡宛書裡，讓你感覺：這個「恩」字就是中國人行事的準則，中國人人格的特質。一個人若能把「恩」字常常存放心底，「真誠」自然湧現。夫妻也好，父子也好，朋友也好，當想法、意見不同時，在「溝通」的管道上也較容易找出「通」路來，雖然路途上仍難免遇到阻礙難「通」處，此刻再用「體諒」和「關懷」化解，危機也就不難消除了。所以，婚姻如此，人際關係如此，世事人情又何嘗不如此？

儘管簡宛在美國已經生活了二十多年，但她的聰明和可愛就在於她仍然充滿了中國情。

4.「應無所住而生其心」

近日我常推敲佛經上的一句話：「應無所住而生其心。」說佛理我不敢，但讀簡宛的書，卻不時湧現佛經上的這種境界。

我把這句話試著用現實生活的角度來理解，彷彿佛陀要告訴我們：一個人若能事先不預設立場，不戴有色眼鏡，不先存成見、偏見看待世上人、事、物，也就到達「無所住」的意境，自然就心意澄淨、心明如鏡能映照萬物，於是「悲憫心」、「平等心」、「赤子心」……應運而生。如「上帝的光芒照亮」般讓你看得遠、見得深，世事皆在你我動念間。佛家講「頓悟」、儒家講「良知」，和佛經上這句「應無所住而生其心」話雖不同，理卻相通。在簡宛的書裡你隨時可以揀到與這些不謀而合的事理。她說，她的旅美作家朋友琦君女士，一次因腿傷到中國城求醫，回程站在一店家門口等車，腿傷真疼又痛，向店家求借一張椅子不成，心中懊惱不已，但回家後想到讀過的詩句：「千江有水千江月，萬里無雲萬里天。」她的心中之氣逐漸平息。原來生活就是這樣，簡宛說：「雖然椅子沒借到的事實仍在，但她已不氣惱，因為不氣，心情自然也開朗了。」

「人畢竟是人，有其軟弱無助的一面，期待如神般完美無疵是一條艱辛的路程……無法突破自己的極限，容易使人跌入一條越鑽越尖的牛角裡，不是怨天尤人，就是憤世嫉俗，把一份做人的輕鬆自在，生活的樂趣，完全拋諸腦後。」（見〈行到水窮處，坐看雲起時〉）

所以古人說的「行到水窮處，坐看雲起時」的境界，在簡宛的體會中就是「看似消極、其實寬廣，是困境還是新機。」（見〈行到水窮處，坐看雲起時〉）

5.簡宛的「發現」

以前聽一個朋友說過，婚禮之所以需要祝福，正因為婚姻路上美滿難求。尤其「女人」這個角色很難定位。簡宛說：「女人，真的是最會替人設想，最會自責的人，在盡心盡力養兒育女的同時，還把家中大小瑣事一手包辦，然後愧疚的說，沒做好家事，沒有絲毫成就……也因此一直在為別人的肯定、讚賞而活，以至於使自己的喜好、感受隱形壓制，而終於麻木或冷感，對任何事提不起興趣。」（見〈疚由何來〉）我想簡宛的意思不外要人先承認人生之「不完美」，才有必要追求「完美」，但也正因為「完美」之難達，於是接受「不完美」的存在，就是一種豁達的新境界了。

「生活中不是缺少美，而是缺少發現」，雖然這是西方藝術家的經驗談，但證之生活也無不可。「發現」是通往美、通往快樂的鑰匙。我想，人人都可以為自己打造一把放在手上。而開啟快樂之門的方式容有千種萬類，我仍然十分贊同簡宛提供的方法之一——幽默感。她說：

「每當有朋友向我抱怨他們的孩子自大無知時，我就想起馬克吐溫說過的話——我十四歲時，簡直受不了我父親的無知，但是當我二十一歲時，我很驚奇的發現，七年之內，他成熟長進了許多。」

「放」是簡宛告訴我們開啟快樂之門的另一種方法，她說：「人都有放不開的時候，因為放不開所以執著，執著，有時是好的，因為可以擇善而固執。有時卻是害人的，因為會鑽入牛角尖，進去了出不來，自然也成了心理上的一個掙扎。心理學上最常用的就是要『放』，放走一些恩怨煩惱，才有空間接受喜樂歡笑……」（見〈難得糊塗〉）

所以，我非「放」筆不可了。

找尋生活中小小的快樂

人生是由一段一段生活串成的。

沒人能教我們如何生活，就像沒人能告訴我們快樂的具體定義是什麼，我們必須由自己去體會感受。

我其實沒資格說什麼快樂之類的話，基本上，我是一個多愁善感的人，但是我知道這個世界有許多美好的事和人，就像陽光照耀著我們一樣，生活是我們真正的導師，我們必須走入生活，才能體會生命的可愛。

《與自己共舞》的文字，是我在生活中的領悟，大多定稿於九十年代前後，生活中出現了許多前所未有的挑戰，新舊觀念正在百家爭鳴也是眾說紛紜的時候。婚姻與同居問題，婦女與家庭關係，新女性與傳統家庭的調整，新人際關係與教養問題等等，好像剎時間都來到了跟前。感謝手中這枝筆，為我理出了頭緒，也為我留下了記錄。借由筆端，我聽見自己的心聲，也感受到生命的跳動，像撥雲見日一樣，也讓陽光照亮了我的心境。

感謝三民書局願意在新世紀之始，重新出版這本書。在世事日趨紛擾，而情愛與慾念變化多端的新時代中，此書既不標新立異亦無情色惑人。我只能誠懇的坦陳，從書寫中，我學會了與自己共舞，學會了做好一個母親與妻子，也學會了做一個懂得傾聽與尊重的好朋友。

校對並重讀自己的作品，感受良深。有人愛說愛唱，有人沈默安靜。我選擇了讀書寫作。漫漫長日，與字為伍，自說自話或借筆築橋？我並不計較，只珍惜這生活中小小的快樂。如果讀了這些文字，您也聽到了與我一樣的鼓聲，我不擔保您會和我一樣快樂，也許您會聽到自己的心聲。

歡迎您，加入我的行列，與自己共舞。

寫於辛己年正月

本書曾榮獲一九九三年海外華文著述獎

愛與自己共舞

與自己共舞，多麼美好歡暢的感覺！

小時候，大概老師看我圓圓胖胖很可愛，小學三年級時，曾經特為我設計了一個獨舞，希望在遊藝會上表演。那位舞蹈老師，是全校有名的舞蹈老師，以嚴師出高徒著名。可是在排練了數次之後，她很失望，「也許妳獨唱比較合適。」她說：「你不適合跳舞。」

獨舞不成，名師沒有展現設計舞蹈的才能，她很失望，我卻鬆了一口氣。在那樣的年紀，要我單獨上臺做任何事都是很緊張痛苦的經驗，可是，在沒有人時，我獨自載歌載舞卻非常快樂，我不必在乎跳得好不好，不必管別人的評價。

我知道，我們每一個人都努力學著做一個更完全更成熟的人，但是，多麼不容易啊！就像我要上臺表演一場獨舞，要背負著多少的期待與肯定，然後才會有讚賞與鼓勵。與其期待完全，不如先自己肯定自己，先找尋快樂。快樂而有些欠缺，才有空間給自己去學習改進。若是完美了卻不快樂，這個完美是別人給你的，你仍然一無所有。

「與自己共舞」，有兩種意義，對於我在國外生活的二十多年歲月中，文化不同，價值觀念相異，語言與思考的方式也迥然不同，我卻始終載歌載舞、獨自握筆寫我所愛，沒有掌聲，沒有共鳴，即使有，也在千里之外，如果寫作不是我所愛，至少，我明白了先接納自己，做自己愛做的事。好或不好，是別人的評價，你得先由內心有一個角落，容納這份自由自在的揮灑。所以，「與自己共舞」的另一意義是生活態度，用歡暢的心情去面對。西諺有云：

「不能接納自己，如何接納別人。」我想，我一直朝著這個方向努力，我也領悟了一個人「越接近自己越快樂」的真理。從文字中我獲得這份快樂，也分享這份快樂。

世界上有許多事，是可以改變的，譬如：觀念、行為甚至習俗，都可以在不斷學習中，走向更坦率、更成熟的境界。但是也有許多事，是改變不了，譬如：性別、高矮、膚色、美醜等等。對於可以改變的，我們學習並擇取最合乎自己本性的方式。對於不能改變的事實，我們最好接納它，擁抱它，進而欣賞、讚美。

「與自己共舞」的另一個意義是，不能改變的事，不如與之共舞，去接受事實，也許反而有了轉機，給自己空間去選擇，才有意想不到的驚喜，這也是我在衝擊來時，困惑產生時，學來的生活態度。

收集在書中的文字，正是我這些年來與自己共舞的所思所感，有個人的經驗，有思考的獲得。儘管歲月流逝，許多人、事變遷，但是，我也訝異的發現自己，始終不曾放棄的關注——對婚姻，對家庭，對自我成長的投入與探討之心。我寫下了我的心路歷程。

與自己共舞　目次

輯二 快樂的源處

輯三　美哉！婦女

輯四　與你同在

附錄

輯一　婚姻的話

婚姻的話

前言

一九八七年的春天，我執教的瑪琍德斯女子學院，開了一門「婦女的心路歷程」(Woman's Odyssey)。這門課包括了心理、教育、社會、藝術、文學與歷史及宗教等課程。各系的教授、每人主講與自己課程有關的題目，由三、四年級的學生選讀。雖然是選讀，每年皆爆滿，因為內容涵蓋廣泛，而且教授與學生打成一片，誰是老師、誰是學生，並不重要，也不固定，因為有時候課堂是由學生操縱，教授只是在旁指導而已，也因此有了很活潑的氣氛，而討論的內容，也就新穎而不枯燥了。

召集這門課的負責人是宗教系的史特琦教授，她自己是研究宗教的，到了四十五歲才結婚，她正在新婚中，對婚姻充滿了美好的憧憬與想像，所以我們討論的範圍，也大多以婚姻為主，畢竟二十歲左右的女孩子，心中想著最多的，大概也是婚姻這件事吧？而結了婚的人呢！牽腸掛肚的，也不外是婚姻問題吧！

婚姻是歷久彌新的話題，誰說不是呢？

我其實不必每堂必到的，只是坐在課堂上的感覺，使我有一種分享的快樂，而每次的討論總引起我內心深處的感受，我知道我和班上年輕的女孩子不同，就因為不同，才有了更深的意義。在不同的文化下，他們想的是西方社會、宗教及文化的影響，我卻有我自己與傳統文化相聯的理念。

寫在這裡的，就是我對婚姻的所思所感。有些是我的研究心得，有些是我的心中感受。寫與讀這方面的期刊與報導，給予我激勵很大，也再度使我深思婦女問題。

不可否認的，中國婦女，也經歷過一段長遠的掙扎，若說中國婦女沒有不平等，那是自欺欺人的話，我們的不平等與西方的情況有所出入，東西的婚姻觀也有不同。我不想討論平等與否的問題，只想用教育心理的觀點，來探討問題，尤其是兩性間的婚姻關係。我不盯住「兩性平等」一點做深入的原因是，凡事抱怨或指責並不是最好的解決之道，討論自求多福，自求長進才是我一向追求的原則。我也願在此與大家分享。

和諧的兩性關係——為何難求？

她一邊說著，一邊忍不住讓淚水在眼中打轉——

「我沒有想到，婚姻是這麼回事，當初結婚的時候，我一直充滿著信心，我們一定會白頭偕老，我們一定會相親相愛，可是，才幾年，我已經心灰意懶了，我努力過，我也用盡了各種方法，各種可能去配合他，可是，不能總是我在試，我在盡力，他總是我行我素啊！」

淚水終於奪出了眼眶，順著面頰流下來。

我遞了一張面紙給她，看著她那張年輕的臉，在痛苦與失望中憔悴。她結婚時，那甜美可愛的笑臉，曾贏得了多少讚美，也不過才五年的時間，她整個人瘦了一大圈，臉上、眼角都出現了細細的皺紋。

「我從來不強調自己的事業，可是，我也是辛辛苦苦讀出來的博士學位，我不能因為嫁給了他，就放棄我的工作，他也應該替我想想，要理家，要帶孩子，還要做研究，他是一回到家就要休息，就要人陪他玩，因為實習醫生都是大夜班小夜班的輪流著，根本很少在家，更別說求他幫忙家事了。」

我拍拍她的肩膀，瞭解的聽著她訴說心中的委屈，我知道，她需要的，是一個可以聽她訴苦，可以瞭解她心事的人，別人能給她什麼呢？所有的婚姻，都有不同的故事，所有的婚姻，也有其彼此相互適應的方法，只要當事人明白了問題的癥結所在，也就容易面對問題而求解決了，但是，為什麼美滿的婚姻關係，越來越難求了呢？

和諧的兩性關係是美妙的感覺——相愛、體貼，彼此關懷，卻也是難以維繫的人類關係。因為時有衝突，彼此傷害，而致情緒起伏不定，因此導致痛苦、生氣、難堪。心理學家費爾(H. Field)博士曾說過，人類的關係是最複雜微妙的，有時會因阻塞、超載，像交通事故一般造成不可理喻的爆發事故。

每個人都希望自己的婚姻美滿，如果稍有不如理想，往往自責或怪罪對方——大概是我什麼地方做錯了，或是對方有所過失，否則怎麼會有問題出現呢？好像相親相愛是天經地義的事，一有問題，馬上歸咎於人。

事實上，生活中本來就有大大小小的問題，每天面對著的，都是要解決、要處理的挑戰。無風無浪的生活，只有在真空管的世界才能覓得。既是如此，面對問題，解決問題，是生活中的必修之課，婚姻問題，除非是童話世界的故事，否則如何能避免生活中的一切挑戰呢？

有人說：「婚姻是戀愛的墳墓。」也是基於那種王子與公主的愛情仙境。

戀愛時，花前月下，說的都是甜言蜜語，做的都是賞心悅目的事，想的也是到那兒去玩，去談心，去吃喝遊玩。結婚後，面對的，卻都是真真實實的生活，除了開門七件事外，還有錢財的處理，時間的安排，若有了兒女，還加上教養的問題，如果沒有心理準備，當然吵架、爭論在所難免。

根據《結婚與離婚》期刊(Marriage & Divorce Today)的報導（一九八三年一月號），在一九八〇年代，離婚率比六〇年代多了三倍，這個數目，顯示著兩性關係所面對的問題與挑戰。臺灣近年來，社會開放，離婚率也有日漸增多的趨勢。

和年輕的女學生談起婚姻，幾乎有百分之九十以上不準備結婚，至少不準備在畢業後立即結婚，她們的回答是：「婚姻太不可靠了。」有一個學生甚至說：「把自己從父母的束縛中解脫，又跳入了丈夫的控制中，所為何來？」也有人說：「一結婚就失去自由。」……由此可見其心態之一斑。

追究我們對婚姻的印象，大多來自父母或朋友、同事等等，父母婚姻的型態，多少代表了傳統的男主外女主內的模式，而朋友或同事間的婚姻關係，由於開放社會、多元化之後，造成了形形色色的類別。這些新、舊關係中，有恩愛夫妻，有歡喜冤家，有怨偶，也有佳侶，無形之中，難免對自己的婚姻也會產生一種期待與幻想。

在這些新舊交接、生活的衝擊之下，我發現兩個現象是導致意見不合的主因，一個是溝通的困難，一個是態度的執著。

溝通的困難

我們兒時耳濡目染，受父母的影響，在觀念上、談話上，都無形中留下印象，往往不知不覺中會表現出來。譬如：飲食的習慣，衣著的選擇，金錢的用度，誰決定生活中大小諸事等等，都成了一種習慣，這習慣在結婚之後，也慢慢的流露出來。如果兩人在成長的環境中，家庭背景相近，價值觀念相同，自然歧見爭論少些，若是兩人來自背景相異的家庭，彼此又不肯相互協調遷就，自然家庭中糾紛時起，甚至一發不可收拾。

譬如：說話的方式，上一代的人，我發現有許多人說話不直截了當，有時是為了禮貌，或面子，即使不同意，也不明說，他們習慣用「旁敲側擊」或「引喻假設」，或甚至「指桑罵槐」，這樣的溝通方式，有時會使對方會錯意或表錯情，尤其在情感的表示方面，我們一向是「大丈夫有淚不輕彈」，當然喜愛感謝之情也很難表達出來。有許多人告訴我，他們兒時，父母都是用「罵」或「指責」來表示關懷與愛憐，於是表現在下一代做丈夫的言談上——

「為什麼生病了？一點也不會照顧自己。」（意思是，你生病了，真叫我心疼。）

「那麼晚了還不去睡覺，一點也不會照顧自己。」（意思是，你早點休息，不要過度操勞。）

……

其實心意是好的，不論用何種方式表達，應該都能接受。問題是有人心思敏銳，尤其是女性，比較多愁善感，對方明明是關心，但是語調僵硬，態度專橫，做妻子的也許就委屈淚下，來個三天不言不語，甚至冷戰到底。

女人比較愛用眼淚或溫順的態度來表達情感。有時沉默不是金，而是反抗的意思，由於從小父母的教養，培養出了順從的天性，但是潛意識中，那份自我的意願，也會在鼓勵多元化的現代生活中竄出。有時，一向柔順的妻子，平時沉默安靜，在積壓了多時之後，突然一發不可收拾。如果平時常常交談，夫妻間有所溝通，就不會有這種現象產生。

態度的執著

有時候，執著是好的，擇善而固執，能堅持到底，往往也能得到預期的結果。

有時候，執著是壞的，僅僅為了面子或逞強，到頭來，為一件芝麻小事，互不相讓，而破壞了良好的關係。

態度，實在是決定許多事情的因素，夫妻之間，常常因為彼此對人對事的態度不同，有很多人，一成不變堅持到底的結果，往往也造成了生活上、情感上的鴻溝。

我們都明白，一切的生活習慣、觀念，來自於父母的影響很大，但是有人隨著時代的變遷，而加以修正，也有人隨著自己的成長而慢慢丟棄不合時宜，或過分迂腐的觀念，但是也有人「以不變應萬變」，雖然生活在二十世紀，可是觀念、態度仍然停留在十九世紀，不僅保守，而且僵硬，這樣的態度，應用到婚姻中，自然容易引起爭端。

我的觀察中，引起最多問題的就是舊有的觀念不能適用於現代生活中，譬如：「男主外、女主內」的看法，不能與時代配合，做丈夫的，既要妻子分擔經濟的壓力，但又不肯與妻子分擔家事，妻子要主外又主內，要上全天班，又要負責全家的飲食起居，於是辛苦加上勞累，心情不免煩躁，耐性也減少，自然言談上不會太悅耳，兩人的關係，又如何能和諧呢？

問題的解決

我始終相信，人生的旅程，兩人一起走，比一個人彳亍獨行，有趣而甜蜜。但是兩人共同的生活，必須要有相互的體恤與容忍，絕不是一份愛情就可以涵蓋，在〈婚姻的四喜〉一文中，我曾提到：溝通、相愛、相讓與獻身於婚姻生活的重要。在這裡，我也要再一次強調，相互為對方設想的重要。

我跟年輕的朋友說，她的問題，我也許幫不上忙，但若只是為了兩人忙於事業，無暇分擔家事，不妨兩人坐下來，平心靜氣的討論，談一談心中的困擾，說一說自己想到的解決方法，兩人同心協力，有什麼事不能解決？怕的就是任何一方的封閉與固執，任何一方的自私與僵硬的態度。我總覺得，只要有心，就沒有做不到的事，解決不了的難題。

譬如上述的例子，年輕的專業夫婦，又有年幼的孩子，家事的分擔上，自然需要兩人分工合作，若是時間不敷使用，那麼設法雇用一位清潔工，定期來打掃代勞，減少一些兩人的時間體力，也減少一些兩人無謂的爭吵。他們兩人缺少的是時間，不是金錢，用金錢來買時間，來解決問題，應該是最簡單的方法之一。中國人一向節儉慣了，常常自苦自責，有時一個很簡單，很容易解決的事，只是為了節省，弄得心煩意亂，生活的情趣，自然也就消失了。想想看，若只是為了家事多做少做、誰該做、誰不該做，每天吵吵鬧鬧，丈夫忙了一天想輕鬆一下，太太又怪他沒有責任心，不肯幫忙做家事，一天到晚想玩，火氣更大，若是兩人肯好好溝通——

「我今天忙了一天，我們出去輕鬆一下吧！」丈夫說。

「不行呀！家事沒做好，明天的菜還沒做，衣服也沒洗，孩子也要找保姆。」（而不是：「你一天到晚只想玩，一點責任心也沒有。」）提出問題而不是否定。

用直敘句比責問句容易溝通。直敘句把問題列出，責問句則把一桶冷水澆到對方頭上。問題提出來後，兩人一起想個辦法，錢能解決的事，實在是最簡單，每次爭吵都是為了家事，自然兩人要一起設法解決。

和諧的婚姻關係，不是平平靜靜，無風無浪，而是有勇氣面對問題，並尋求解決之道。一個健康的婚姻關係，應該經得起挑戰，也能接受考驗。人生，也往往因為有了這些挑戰與考驗，才更多采多姿。人們常說，能共患難的夫妻，才能共享榮華，也正是指著一起奮鬥的情懷，一起面對困難，共同解決問題的經驗，鞏固了兩人之間情感的韌度，所以當我們尋求和諧的兩性關係時，我們不是指靜止不動的和諧，而是相行並進的和諧關係。夫妻間有了這種共識與瞭解，即使有了小小的爭吵，或意見不同，也不會大驚小怪，只要兩人誠心誠意面對問題，尋求解決之道，和諧的關係就有了新的境界。

相愛、相屬

出國近二十年，受過不少衝擊與挑戰，自己在沉思玄想之間，也有許多領悟。然而，每當聽到一個婚姻的破裂，一段姻緣的結束，心中仍然忍不住悚然震驚，如果是相交已久的朋友，更免不了有一份絞心的痛惜。

也許該怪自己太重感情，總以為能相愛又相屬，該是多麼美好的事！可是天下事，卻並非事事如意。

我們以前喜歡說天作之合，總以為良緣天定，事實上，年齡越長，經歷越多，越感到人與人之間的相處，不僅僅是一個緣而已。尤其是朝夕相守的夫妻，如果不珍惜、維護，即使是天作之合、天定的良緣，也仍然有破裂的時候。

難怪年輕的一代，總是說：「結婚做什麼？相愛就夠了，何必相屬？」

相愛而不相屬，這樣的關係能否長久？

儘管主張同居而排除婚姻約束的人，越來越多，社會學家的統計報告中，卻也顯示了這種關係的維持並不長久，因為缺少了一份共同為家而投入的情懷。相愛而不相屬，當激情的愛戀之後，落實到真正的生活中，維繫兩人情感的是什麼？如果沒有了彼此投入獻身的情懷，沒有一個共同的家去努力營造，到頭來，不免有為誰辛苦為誰忙的茫然。

家，是許多人努力的目標，也是人類心靈與精神依藉的所在。忙碌了一天，回到家有可以談心訴苦的對象。辛苦了許久，也有可以分享同樂的家人相陪。現代生活中，家是夫妻兒女的組合，但是，若夫妻兩人各忙各的工作，把一天中最好的時間用在工作上，把疲倦、煩惱帶回家中，這樣的氣氛，絕對培養不出好的情緒，也製造不出任何快樂的回憶，這和同居的關係也僅是在五十步與百步之別而已。

我們以前總聽說，貧賤夫妻百事哀，但是在勤儉努力的中國人中，在窮苦奮鬥的時候，夫妻倒是胼手胝足，相依為命，反倒是生活安定，事業有成之後，像是失去了努力的目標，彼此反目，再也無法忍受，如果再為兒女的教育、金錢的用度、事業的衝刺，兩人看法不同，意見相左，一家之內就鮮有安寧的時候了。這樣的家，有時比同居的關係還不如，因為不同的看法所造成的分歧意見，常常引起雙方的爭吵，影響了心緒的安寧。

根據婚姻專家的分析，造成夫婦不睦的因素，最常見的是金錢的支配，兒女的教養，性生活的不協調以及休閒時間的安排等四項。依我的觀察，可能還有兩點需要加入，那就是夫婦間成長的方向和相互尊重的程度有異。

每一對夫妻結婚時，誰也沒想到分手的事，兩人既然經過相識、相愛，也都誠心誠意要相守一輩子的，但是，在日月流轉、時光飛逝中，有時因為忙，有時因為懶，彼此的心靈忘了交流溝通，忘了相互激勵學習，不知不覺中就變成了無話可說，而甚至成為陌路。因為在想法及看法上，已形成了一條鴻溝。

除了成長的方向不同外，另外一點，就是相互尊重的程度不同，中國人常常以為自己人嘛，「賤內、賤內」在傳統的思想下，妻子的地位既不高，在家處久了，也不必講求什麼禮貌。但是，若是妻子永遠是在給予、付出，處在講求人人平等的社會中，也會有驀然回首，發現自己太不受尊重。如果是在外位居主管，趾高氣揚，回家卻受閒氣，想不開的人，難免就要鬧家庭糾紛了。

前年回臺時，與幾位文壇的朋友聚會，那時正好我翻譯的一本書：《為妻的心路歷程》剛出版，大家談起了婚姻的看法，一位文壇前輩就戲稱：「有時看到老伴不順眼的地方，真有殺夫的衝動，但是繼而一想，殺了他，再也找不到像他一樣的老伴了。即使再討厭，再可憎，畢竟相處了多年，彼此的毛病全摸清楚了，算了、算了。」

老一輩的經驗與智慧，實在值得供為參考。相愛又能相屬當然最好，但是婚姻的生活，往往相屬的份量重於相愛，因為愛到了深處，已成了生活中的一部份，不可能每天卿卿我我，也不再羅曼蒂克。這份經過時日洗鍊，歲月錘打的愛，其實是真正的愛，只不過，因為缺少了耀眼的光彩、迷人的激情，有時會讓人忽略了那已存入心底，彼此相屬的情懷。

我跟朋友說，暫時分開一陣也好，但是一切的決定也都要付出代價的。維持一個奄奄一息的婚姻，固然痛苦乏味，斬斷過去的一切，包括了兒女與親人，也未必值得。弱小受傷的心靈一時也許說不出感受，但在缺乏安全感的成長歲月中，日後的影響卻是難免。

離婚，不一定全是負面的結果，但是在做決定前，最好冷靜的分析得失的比例，如果自己願意孤注一擲，為自己有限的生命，再創造一次奇蹟，有誰能反對？

婚姻是人類成長的一個過程，相愛而相屬的兩人，更應該珍惜這份幸福。

21・屬相、愛相

有人說：「婚姻如逆水行舟，不進則退。」確實有理。尤其在新舊交接，不同價值觀念衝擊下的現代社會，自我的省思修煉，與彼此共同的努力，才是維持美滿生活的基本。只是，人在福中，容易忽略了共創的幸福。

相愛不相屬

「他要我搬出去，因為我們已經沒有共同的話題了。」雖然隔著電話，我仍然聽得出她憂傷的語氣。

「怎麼會這樣呢？」我關切的問著。

「因為他又有了新的女朋友，他覺得他們之間有較多共同的背景與嗜好。」尹玲低低的聲音，像游絲一般。

「哦！」我沉吟了半晌，「如果僅僅是這個原因就可使他否定了多年的情感，這樣的人，也太不值得珍惜了。」

「可是，」她遲疑著，「我真不捨得這樣分手，我們一直相處得這麼好，當初如果結婚，也許……」她懊喪地說。

掛上電話，我想著尹玲告訴我她與柏力明決定同居時，我們之間相左的看法，我多麼後悔，我沒有把心中的話說得更清楚。「如果當初結婚……」她現在也認為如此了。

只是，當個人決定了自己的生活方式時，別人的話又能發生多少作用呢？尤其像尹玲這麼堅強的人。

那已經是三年前的事了，那時尹玲剛拿到博士學位，準備去東北部接受一個負責服裝外銷的工作，她約我與她一起午飯，兩人一向很談得來，為了她即將離去，心中不免依依不捨，這年頭，有思想又投緣的朋友，真是可遇不可求，尤其像尹玲，這麼聰慧又能幹的朋友我是珍惜的。

「妳也許不同意我的看法，不過，我是贊成先同居再結婚的。」她突然這麼說。

我側頭看她，秋日的陽光正好照在她姣好的臉上。剛拿到學位，又有一份好的工作等著她，不免有點意氣風發，我看了她一眼，心想她此去難道是打算與力明同居？

「不，我不同意妳的看法，許多新的觀念我可以接受，但是先同居後結婚這件事，我始終覺得不妥。」我說。

「為什麼？」她認真的盯著我，「婚姻不僅是一道枷鎖，而且也是限制人發展的阻礙，尤其是女人有了家之後，更是動彈不得，完全失去自我。」她抗議。

「先同居再結婚的人，心中不免存著『合則聚，不合則去』的念頭，心中有這種想法，則難免問題發生時，兩人就揮手道別，各奔前程，這種分手的可能性太大了。」我看了她一眼，好奇的問著：「妳怎麼會有這種想法？」

「我實在怕結婚，妳看我父母的例子，他們一年到頭不是吵架就是冷戰，這種婚姻有什麼意思？我母親就跟我說過，若不是為我們，她早就走了。他們當年也是相互愛過的。奇怪的是，我們都長大了，他們也不離婚了。」

我看著尹玲，這位從小在西方社會長大的女孩子，父母不睦的陰影竟使她放棄了該屬於她的家庭生活。

「力明怎麼說？」我知道他們相愛已久，力明早她一年畢業，已先去紐約就職。

「他當然要我越早同他結婚越好。」尹玲笑了一下：「有人煮飯給他吃啊！」

「妳以為結婚的意義，只是煮飯洗衣而已？妳也太小看妳自己了。」我笑她。

「不是嗎？」尹玲反駁，「我實在覺得只要兩人相愛，結不結婚都無所謂的。一結了婚，反而有義務，我怕會影響了我們兩人的感情。」

「問題在於妳要一個伴，還是要一個家？」我問她。

「那有什麼不同？一個伴處得好，自然就會成家，到時再考慮結婚不遲。」尹玲充滿信心的說：「事業對我比家更重要，先有一份好的工作再說吧！我可不願像我媽媽那個年代的女人，除了家，一無所有，如果婚姻不美滿，不是世界末日就來臨了嗎？」她心有所感的說。

「看來妳父母的婚姻對妳影響很大，其實，那只是一個例子而已，妳不能一概而論，再說，無論如何，對妳而言都是損失，根據統計，同居一年以上的人，結婚的可能性越來越少，因為彼此缺少了共同投入的認同感，妳想結婚時，對方可能又不想了。」

「是啊！但是，有伴並非一定要結婚，我們可以相愛不相屬，多麼好，可以有各自發展的空間，又不必互相牽制受限，這樣發展更大。只要兩人相愛，結婚不結婚有什麼關係。」

「有這麼好的事？我怎麼從來沒想到？怎麼那麼多人都還是要相愛又相屬呢？」看她立意已堅，我只好用玩笑的口吻化解她心中的消沉，「本來每個人有每個人的生活方式，我當然不能強迫妳同意我的看法。但是，做為朋友，妳一向感情又這麼豐富！我可不願妳一時衝動而做決定。妳當然有決定自己同居或結婚的自由，但是也不要排斥結婚的可能。結婚與事業也可以相輔相成並不相害的。」

沒想到，言猶在耳，轉眼間，竟是分手的消息。

不錯，愛是牽扯，愛也是責任，喜歡自由自在不願受拘束的人，通常也不願受有家有小的束縛，享受一份來去自如的瀟洒，卻也失去了生兒育女，置產購屋，共同為家庭努力的目標。

尹玲選擇的是比較吃力的路，她反抗傳統婚姻的束縛。以往「男主外，女主內」的觀念，是使許多人卻步的原因，但是，現代同居生活中，強調平等的權利義務，時時記掛著誰該做什麼?誰應負責什麼的分工方式，是否也扼殺了愛情的因子?權益的分配，名份的爭取，經濟的分家……處處顯示著一份成功企業家的處事頭腦與經營方式。可惜，人的感情，有時不能用公式套用，也不能像法律手冊那麼清楚的有條文根據。

我總覺得婚姻生活是一個人成長的必經之路。我們從小依賴父母，在感情上，在責任上，有父母可依恃，但是從父母的依附下，獨立自主而成家立業是每一個成長的必經之路，當然這個成長，不只是豐衣足食，在外表上的成熟，也應該是在情緒上，情感上的獨立自主。婚姻生活正是告別童稚與天真的少年生活，而進入理性與成熟的真實世界。婚姻生活也是驅使兩人相互的協調合作，彼此情緒的激勵與成長過程。社會學家曾說過，能夠維持婚姻關係美滿的人，也必定能使他們的下一代有正確的信賴與相親相愛的觀念，同時也是情緒發展上比較成熟與穩定的表現。若是擔心因為結婚而失去自我，失去事業，也許對方在自己心中的天平不夠份量，或是自己在面對「責任」的挑戰下，不能決定取捨的標準。

任何人都可以相愛又相屬，享受一份快樂的婚姻生活。我想重要的是，兩人若相愛，必然也能共同安排出一份適合兩人的共同生活。主內或主外，分工或合作，或是事業的擁有與否，都是次要的問題，兩人相愛，一切的奉獻或付出都是值得，婚姻，自然也變成了一對翅膀，帶領你自由飛翔，完成心願。若是成天爭強鬥勝，計較誰的權利義務，誰的付出與奉獻，這婚姻的關係也不過只是老闆與夥計，或商業的同伴而已，沒有相愛的情愫，如何能長遠相守與相屬？婚姻自然也成了絆腳石，限制了海闊天空的自由發展。

現代女性，有較多的選擇，而不必守住「男主外、女主內」的傳統限制，這是社會的進步，但是也不必為此放棄家庭生活。凡事有得有失，端看自己的智慧去抉擇，若怕愛得太多而不敢愛，怕失去自我而不敢相屬，有如因噎廢食，反而餓死。

結婚或同居？其道理亦在此。

四喜之福

前言

婚姻是一樁歷久彌新的話題。

我們談它，想它，也研究它，討論它，但是沒有人能寫下放諸四海而皆準的方程式。

也許因為我們仍然相信婚姻，珍惜婚姻，我們才對這個問題魂牽夢縈，朝夕在心，我們希望婚姻美滿，我們也尋求「真情摯愛，白頭偕老」的良緣。

是的，「真情摯愛，白頭偕老。」

寫下這八個字，我望著它們凝視許久——

不管世事變化多大，世界潮流如何運轉，人與人之間的情愛，大概是亙古不變，人人渴望的至美境界吧！

沒有真，所有的情意都是虛假。

沒有摯，愛也可能淺薄膚淺。

今天就以此為題，談談婚姻生活中的「四喜之福」吧！那是我個人認為每個幸福的婚姻基礎——

四喜（四C）之福

前不久，在一本婦女雜誌上看到一篇報導，美國婦女心中男人需具三R——Romantic, Reasonable, Rich。翻譯成中文是，熱情、講理、富裕。這是西方人的標準，但是我猜世界上的男女都相信，婚姻伴侶若是熱情又講理，自然精神生活也富裕，但是能不能偕老卻不敢保證，因為婚姻的生活，不止是羅曼蒂克的熱情與講理可得，兩人間還需要許多的共勉與讓步，我就姑且用四個「C」代替，就算是四喜之福吧！

第一喜「C」(Commitment)

投入的真誠，如果沒有對婚姻的奉獻之心，兩人真心誠意的堅持，婚姻在今日多變化、多元化的社會中，並沒有多少穩固的基石。戀愛時，情投意合，結婚後也可能見異思遷。有個朋友同我說，如果有選擇，她寧可先同居再結婚，甚至不結婚，因為許多生活小節，個人性格，不住在一起並不覺曉。

但是，若是先同居再結婚，心中時時浮起的疑慮思變，不免使心志動搖，一動搖，許多事都可乘隙而入。

主張不結婚的人，也許為了不願受家庭的拘束，而不斷的結交異性朋友，時時換伴侶。而選擇結婚的人，可能因為彼此的共同生活而互相遷就。不結婚的人，也許心中多少存著「合則聚，不合則去」的想法。結婚的伴侶，兩人則一起相輔相成，產生一種適合彼此的生活方式，這樣的結果是很明顯的。隨時抱著「不合則去」的人，自然不能堅持任何因衝擊而產生的困擾，心中一有此念，許多關係就難維持下去了。中國古云：「一夜夫妻百日恩」，其實有很深的意義。沒有真心的堅持，婚姻關係就薄如紙了。

第二喜「C」(Compromise)

相互的體諒和遷就是婚姻關係中很重要的因素，兩個不同的個體，再情投意合，相親相愛，畢竟是兩個不同的生命，彼此的想法、看法，以及生活背景，成長的經歷等等不同，都會造成婚後生活中的衝突，譬如：對金錢使用的不同看法、對兒女教育、交友方式、價值觀念等等，都各有意見，如果各持己見，互不相讓，一定糾紛時起，婚姻的關係也受影響。其實，換一個角度而言，不同的看法與觀念，正好拓廣了自己的見解，夫婦之間，如果不是在爭強鬥勝，聽聽對方看法何妨？有時你對，有時他對，有時兩人全對，重要的是要相互遷就，相互體諒，才有一份共同生活的甜蜜。中國的古老價值觀念，多一份體恤之心，多一份福氣，正是如此。

山盟海誓，永不改變的心，是一份可貴的真情，但是，世界上有永不改變的人嗎？我常常在想，要維護一份不變的真情，並不是要兩人永不改變，靜止不動，相反的是要不斷改變自己，時時拓展心胸，才能增進彼此感情。一成不變的人，很難接受別人的看法，墨守成規的人，也很難超脫自限的苦惱，所以遷就(Compromise)也包含了相互的改變，從教育的觀點而言，人在改變的同時，也正是拓展的開始，這樣的婚姻關係，才不會滯留不動，而變成沉悶、乏味的靜止關係。

我們常聽人說：「他（她）不是我當初結婚的那個人啊！」

當然不是，我們怎麼可能是當初那少不更事或年少氣盛的人？除非生活在幻想中，否則，人怎麼可能十年二十年，停留不變？一個時時要求對方改變，而自己不肯遷就的人，生活在婚姻的關係中，也必然是苦惱不已的。

第三喜「C」(Communication)

溝通交流是婚姻生活中很重要的幸福因素。結婚前兩人情話綿綿，婚後怎麼變成無話可說？

「他（她）不是我當初認識的人啊！」有兩種不同的情況。

一種是兩人同時成長改變，愛情之外，在多年的婚姻生活中又加入了瞭解更深，一起溝通，互相分享的友情。婚姻生活中有了友情的投契，又有愛情的甜蜜，該是多麼美好的感受！心靈與肉體的完全舒展和諧，不需掩飾任何心靈的感覺，這份摯情真愛，是需要兩人從日常生活中，不斷的溝通與交流中獲得。無話可說，是一種痛苦乏力的感受！若有話可說，但說了兩人意見不同，難免又是唇槍舌戰，要爭勝負也是令人懊惱生氣的事實。

要避免這兩種情況發生，兩人必須坦誠相見，不要用猜疑的態度去對待自己的伴侶，更不要強詞奪理爭勝負——

「今天辦公室新來了一位新同事。」一方回家向對方說。也許她（他）想分享自己對新同事的觀感及工作的情況、感受等等，正好因此可以瞭解彼此工作狀況，話題也可因此深入談到個人對事對人的看法，不也是互相激勵？但是對方（不論丈夫或太太）聽了心中就不悅，「怎麼上了一天班，回家還要談公事？」此其一。

「這個同事一定很漂亮，使他回家還忘不了。」此其二。如果家中有多疑又善嫉的太太。

「哼！他（她）關心的就是公司的事。」此其三。

以此類推，不平衡的心態，造成不平衡的言語，話中不免有刺，絃外可能有音，這樣的談話，如何能持續？彼此溝通交流的習慣如何能養成？久而久之，罷了，算了，多說無益，話也懶得說了，兩人之間心靈的橋也就斷了。

有人說：「好難哦！他在外面有說有笑，回來什麼也不說。」

也有人說：「跟她（他）說什麼都沒興趣，最後又是不歡而散。」

「談什麼嘛！現在兩人的共同興趣只有兒女，意見不合，還不是吵架。」

其實，平心靜氣想一想，為什麼會有這種情況發生？就是因為兩人「愛之深、責之切」，不能用一份平常心去討論平常事。與朋友可以談的，為什麼與配偶不能？與別人可以隨遇而安，愉快相處，與伴侶為何不能？是否因為要求太高？時時要求對方的完美無缺？試試看，用一份平常心，用一種化繁為簡的坦然態度，不要把事情想得太多、太複雜，也許交流道上的阻礙就會少些，溝通起來也就暢行無阻、水乳交融了。

第四喜「C」(Caring)

關懷與愛是婚姻生活中不可缺少的基石，兩人結婚攜手共創家庭，當初不也是因為相愛才想相守？相守了之後，又如何能不相愛關懷？

中國人的愛都比較深入而內斂，我們不是把愛掛在嘴上的民族，我們也不是成天蜜糖寶貝的叫著的人，尤其親人之間，「自己人嘛！還用說嗎？當然是愛著、想著、惦著的。」

這份愛在心裡口難開的含蓄與害羞，使兩人間的情感深入，但是日久天長也許就因缺少表達而淡化了。生活中的瑣事、責任、義務……都很刻板規律的，如果有點愛的驚喜、愛的情意，偶爾表露，或者小小的巧思，都會使平靜的生活，盪漾出一點愉悅的笑紋。

我常常看到或聽到夫婦之間的「愛的抱怨」——

丈夫為妻子買了禮物，十有八、九，為妻的一定抱怨「太貴」、「太土」、「太怪」……

其實，真正的原因是「太貴」。中國婦女節儉樸素的美德，常常令她們把「錢」看得很重，很小心謹慎的安排著用度，即使經濟寬裕的人，習慣成自然，也常為此刻苦自己。但是，既然丈夫買了，也是一番好意，一份關懷之情，責之、怪之，實在殺風景。收下吧！享受一點甜蜜之情。

妻子們也有牢騷，丈夫不懂憐香惜玉，身體違和時，先生們一點溫情、一點愛憐、一份關切比什麼藥都有效，偏偏多數的丈夫是鐵漢子——

「怎麼好好地會生病?」其一。

「妳就是不會照顧自己。」其二。

舉不完的例子，其實都是關心的話，表達的方式硬了些，病中的人，多愁善感，不免就委屈落淚。

男女有別，絕對正確。想用一份柔情去繫住一個男人，不可能也不必要，男兒志在四方，柔情之外，還要有瞭解。繞指柔固然可勝過百鍊鋼，但是要使百鍊鋼化成繞指柔也沒意義。同樣的，柔情似水若是妳的特性，也不必期望對方還妳以甜言蜜語。讓他用他的方式表達吧！人因為不同，男女因為有別，生活不是才變得多采多姿嗎？

蜜糖、愛人也罷，死鬼、冤家也好，夫婦間，重要的是有關懷之情，有自己表達的方式，最怕的是，予取予求，視為當然的接受關懷愛護，而自己像一個吝嗇鬼、守財奴，卻不捨得分享一點心中的溫情愛意，這樣的結果，自然就會使「心」不動，心不再動，不正如中國古云「哀莫大於心死」嗎？心死了，自然愛也枯了，人生無愛，生活無情，該是多麼乏味？

我們人人熟識「相親相愛，相諒相助」的成語，但是說多了，反而忘記了真實的意義，其實真正去做、去實行，有問題時，誠懇的向自己的伴侶求助——

「我真的有問題，需要你的幫助。」

那一雙伸出的援手，付出的關懷，都是愛。

愛要給予才會越給越多。愛也要表達，才會快樂。

這是我的經驗，也是我真實的感受。

祝福大家，美滿快樂。

婚姻與愛情

愛情與婚姻是一個永遠被關心的話題，每一個人多多少少都有一些這方面的經驗，有些人更是不免要以專家自居，但是愛情是一種很特別、很微妙的感受，每個人的經驗有別，也因此，每一則愛情與婚姻的故事，都有不同的面貌。

不久前，我應邀參加了一個有關婚姻與家庭的座談會，不免又討論了現代人的婚姻觀與生活型態，眾說紛紜中，使我又對此問題深思一番。

根據社會學家及心理學家的報告，一般婚姻的型態大致可分為——

1. 習慣性的衝突型——即歡喜冤家，時吵時好的夫妻，此型較多年輕人，或因彼此個性不同，需要時間去適應新婚的生活。當然也有一輩子吵到底的夫妻，但是卻從未想到過要離婚或各立門戶分開生活。

2.冷漠靜止的婚姻型——對婚姻生活因時日長久而失去新鮮感，彼此因興趣不同，或生長的方向不同，而心靈的距離拉長，於是同床異夢，再也無法溝通。

3.充滿活力型——此型夫妻因對婚姻之滿足及心靈的溝通而使夫妻關係密切，有如知心朋友之投契，這類型的夫妻並非沒有衝突或爭吵，但是彼此能互相尊重，就事論事，而不爭強奪勝，看誰輸誰贏。

4.和諧美滿型——夫妻兩人和睦相處「相敬如賓」，雖然此型與上類婚姻大同小異，但較少爭論，較多忍讓，兩人也許基於維持良好婚姻關係而努力。此型未必適合於每一個人對「美滿婚姻」的標準，當然也不能代表婚姻的最高境界就是和諧。有云「婚姻如逆水行舟，不進則退」，我個人總是懷疑太多的忍讓，是否會導致婚姻的停滯？也許兩情能經由衝擊、討論的方式，以一種坦誠開放的方式相處，更能持久而堅韌些。

顯然夫妻間吵架，好像是人人都經歷過，尤其在結婚初期，由於開始共同生活，而由夢幻式的愛情走向現實的人生，衝突難免，但是兩人之爭吵，若只是情緒的發洩，事後又沒有理性的討論，這樣的爭吵，周而復始，永遠沒完沒了，對彼此的身心傷害也大，若能就事論事，而不以發洩情緒為目的，把心中的不滿說出來，彼此溝通，也不致日久生疏，以致枕邊人所思所想與自己當年的情人竟已差了一大距離，真是驀然回首，兩人已成了陌生人了。

任教於杜克大學的婚姻顧問麥奇教授，曾說過：「婚姻是一件值得追求的成就，但是要達到目的，並不容易。」雖然婚姻的型態大致可分上列四型，但每人的背景與個性不同，忙碌的夫婦要學著放慢腳步，共同討論家中諸事，相反的，唯唯諾諾的小妻子，或凡事拿不定主意的主婦，也要學著做決定，正如麥奇教授所說的，許多妻子，凡事要問丈夫，要求救於自己的父母，當然也就永遠長不大；有些夫妻吵架，動不動就離家出走，或回娘家，缺少冷靜的自我思考，也是不成熟的表現，這個架也就越吵越大，永遠吵不完了，因為牽扯更大，參與更多人，於是把兩人間簡單的事，弄得周圍的親人也加入糾紛，不是太複雜了嗎？

婚姻的關係，因為有了愛而有所不同，它既不是一加一等於二的數學問題，也不是有化學方程式可解決，如膠似漆的愛情，是否能永遠存在？相依為命的婚姻是否健康？各自發展，互不干擾的婚姻是否值得學習？確實是值得深思的問題，在新舊交接中，也正有許多衝擊需要運用自己的智慧去判斷沉思。

婚姻雖然有不同的型態，不同的面貌，但是也可能由一個型態轉換成另一個型態，新婚時，常常爭論吵架的夫妻，經過歲月的歷練，也許較冷靜而不再衝動，凡事皆能理智的分析討論。但也有人因為吵煩了，乾脆放棄，不再過問彼此的生活及感受，而成了同床異夢的人。

聽多了專家的理論，也看多了不同婚姻與愛情的面貌，我最欣賞的，仍然是那一首小詩——

相愛，但是不要相縛。
讓你的心靈有如海浪，可以自由起伏。
共享歌舞之愉悅，但是不要失去自我。
因為即使是一首曲子，它們也有各自不同的音符。
獻出你們彼此的心，但不要據為己有。
因為只有生命，才能充實你的心靈。
你們並立相處，同沐陽光。
因為橡樹和榆樹，也是一起成長，而不是依附在任何一方的陰影下生活。

雖然這首詩發表於近百年前，但是詩人紀伯倫的哲理，也正好表達了婚姻與愛情的至高境界，正是我時時銘記在心，喜歡與朋友分享的理念。

獨立與對立

前些日子，與朋友相聚，談起了婚姻生活與現代人的觀念，同坐的六對夫婦中，大都是結婚二十年以上的「老夫老妻」，問起他們如何保持如此長久而密切的感情，他們異口同聲說：「不要太計較。」

不計較，正是現代人所欠缺的胸襟。

時常聽到夫妻之間的爭論——

「不公平，我們都是公司主管，但是回到家，我要做飯洗衣，他卻坐著喝酒看電視。」

「他公司有忙不完的事，難道我沒有?只准他說，我一開口，他就說不要把公事帶回家。」

「沒有人說人生是公平的，何況婚姻生活不是公司經營，或企業管理，每件事都有明文法令規定，婚姻生活中只能兩人同時投入，有時你做，有時他做，要斤斤計較，恐怕很難久遠。有沒聽人說過婚姻好比一個空盒子，它一直空無所有，直到放入的比取走的多，也正是這個道理。」B夫人說完，爽朗的笑說：「我們那個年代，沒有問太多自己要什麼，也不懂『自我價值』、『自我認同』這類事，就這麼糊糊塗塗，卻也快快樂樂地過了大半輩子。」

「現代人好像從結婚那一刻起就在擔心離婚的危機，」結婚三十二年，曾在大學教家政的C夫人說：「我的學生們都有一個共同的特徵，怕親密關係、愛太多變成負擔，愛太少又變成孤單。看看坊間那些書，《再見，依賴人的婦女》、《聰明的女人，愚蠢的決定》、《男女對立》、《不肯改變的男人》……簡直不勝枚舉，其實不要念念不忘那個『我，我』，不要老先想到自己，可能會自在自如些。」

「其實就是大家對婚姻期待太高，」A夫人終於開口，以她結婚三十七年的經驗，她總歸結論出一句話：「不要期待太高，總想到別人虧欠你，婚姻怎能這麼精打細算？」

「每個人對婚姻多少有些期待、有些遠大的理想、有些羅曼蒂克與現實生活的憧憬。愛情、財富、名望等等，這些期待難免影響了兩人的生活，如果能互相溝通配合，當然很好。但多半的婚姻伴侶，有自己的個性與生活方式，若一味期待對方改變，要對方來配合自己的方式，難免衝突時起。因為婚姻生活，不是『你』或『他』個人的事，而是兩人的共同發展。這一份緩慢但特殊的親密關係，不是能用期待來定案，而必須不斷協調、互相讓步或投入才行。」A夫人說完自嘲的說：「我一向不太精明。」

「你怎麼說？」他們同時把問題轉向我，這一大群人中，我的婚齡最短，只有二十五年的歷史，根本只有聽的份。聽他們的話有如入了寶山，吸取他們的經驗之談，令我佩服不已。這一問，我立即反射的回答是：「獨立但不要對立。」當時講得不中不西、不新不舊，自己都不滿意。但獨立與對立這樣的想法，確實是我一直在想著的問題。

獨立的人格，是我們教導孩子，也極力推崇的成熟態度，在婚姻生活中，亦是如此。不因為結婚而失去自己思考的方式和自由，夫妻兩人可以有不同的想法與見解，但並非因此而要相互對立。對立包含著競爭與敵對的態度，親密的關係中，若有對立的成份，那一點點心底的溫柔之情也就不復存在了。

也許這些老夫老妻的經驗中，都有他們各自思考努力的獲得。沒有一個人的模子可以套用在另一個人的身上。時代不同，環境有異，各人盡力而為。幸運的人，碰到了可以攜手共進的伴侶。若是不幸，身邊的人至始至終無法相處，永遠對立，真要計較，也是累人的事。那當然只有另當別論。

畢竟，存心對立，與自己的伴侶過不去的人恐怕不多。用一點真心誠意，用一些柔情蜜意，中外古今不都如此？我對婚姻還是充滿信心的。

輯二　快樂的源處

情緒的安撫

人的情緒是一門複雜的學問，如果要仔細研究，十本心理學專論也討論不完。但是，人都有情緒，而且都有情緒低落的時候，是大家都明白的事實。

年幼的孩子，情緒不好時，大哭大鬧，撒賴一番，發洩完了，不久就雨過天晴，破涕為笑了。但是成年人，再不能像孩子一樣撒野，情緒惡劣時，有人能適當的控制，聽聽音樂，散散步，或獨自整理庭院，把一份紊亂的情緒撫平，這是成熟的人。但是，多半的時候，人們不知自己情緒的起伏，不能掌握自己的情緒發作，有時候免不了指桑罵槐，借題發揮，或捉個親近的朋友或親人出氣。被這種惡劣情緒反彈的人，如果不明就理，常常如墜五里霧中，也不明白這個怨氣因何而來。有時受到這種壞情緒的感染，也弄得一肚子烏煙瘴氣，心中惱怒難息，所以一個小小的看不見的情緒，真會造成一場人間心理糾紛呢！

記得朋友跟我說過一個故事，原來他們工作同仁每週一有一個晨間會報，大家在一週開始前討論工作計劃與目標，同時一起喝咖啡，吃圈兒餅(Dounut)。這天負責買圈兒餅的人忘了，只煮了咖啡，少了圈兒餅大家當然失望，但是更失望的是他們的上司，由於一年來，每週一早晨習慣了這一個咖啡與圈兒餅的會報，一下子失去了那個期待，竟然情緒低落，大大的發了脾氣，為一個圈兒餅而訓斥大家，當然好笑，但一個人失去控制自己的情緒能力時，難免有許多意想不到的行為表現。

發一場脾氣，留下笑柄，同事間也可一笑置之，有時處理不好，還會出人命呢！以前日本戰國時代的大將軍，豐臣秀吉就有一段故事，有一天他打獵回來，侍從準備熱水讓他洗澡，結果水太燙了，將軍大怒，下令處死侍從，他的家臣看他大怒，先將侍從拉下，等將軍氣消之後，這位家臣再向將軍請示：「剛剛忙亂中沒聽清楚將軍的命令，不知將軍欲如何處置侍從？」豐臣秀吉明白家臣的用意，於是覺悟到自己的處分太情緒化了，就改罰他輕刑吧！免去了一場酷刑。

這位家臣是一位懂得心理學的人，他知道如何轉化憤怒的情緒，讓情緒平穩後再做決策，以免誤事。決策者，同事間，一家之內，朋友相處，情緒的掌握影響很大，懂得安撫掌握自己情緒的人，在為人處世上當然容易成功，也容易與人相處和諧，自然心情上也就平靜愉快。

不可否認的是，情緒的低落，是造成自怨自艾與人際關係惡化的原因，但是，不幸的是來自不同文化的異鄉人，常常有因文化與價值觀念衝擊而生的不滿，中國人一向謙沖有禮的觀念，處在標榜自我、吹牛、自大的美國社會中，看到周圍的同事不負責、搶表現的作風，心中不滿，引起情緒上的不平衡，因為不平衡，所以對人對事的看法難免極端而否定，批評、指責也在所難免，有時在辦公室的氣無處發或不敢發，回到家來，對著家人，事事不對勁，指東罵西，家人只好敬鬼神而遠之，距離越來越遠，情緒越來越低沉。

美國是一個注重理性的社會，情緒的安撫從小就訓練由自己照顧。幼稚園的孩子，老師會告訴他們不能亂發脾氣，生氣了不可以打人，自己不高興時，可以挖沙坑，敲木塊，釘積木玩具，從小訓練的情緒宣洩，確實教會了孩子講理、不撒賴的好習慣。長大後在討論、辯論時，即使意見不同，看法相左，彼此也不會面紅耳赤情緒激動，這一種成熟的風度，在任何場合都給予人穩重明理的良好印象，所謂大將之風，正是如此。

處在東西文化衝擊下的中國人，生活上、工作上以及價值觀念上的種種壓力，常常會使情緒低沉，心理上失去平衡，有時也因這種情緒的因素，而影響了與人交往、共事的態度。我想在情緒的安撫上，要設法平衡自己，能夠掌握住自己的情緒，才能以平常心看周圍萬物，也才能以一份安詳的心情去面對生活中的喜怒哀樂。

57・情緒的安撫

人都有情緒，也都有低潮的時候，除了自我的宣洩，轉移自己心緒，分散自己鑽牛角尖、想不開的心緒外，家人間的諒解、安撫，朋友間的忍讓，都能使情緒得到安撫，只是這份安撫不能因此姑息下去，永遠忍讓到底。一個明理成熟的人，應該能面對自己的軟弱，在情緒低落之時，不要做重大的決定，也就能避免意氣用事的危險。

一個意氣用事的人，是永遠長不大的孩子。只有自己有勇氣去面對自己並有所改變，才能把握住自己的情緒，也才能掌握自己的人生。

難得糊塗

聰明難，糊塗難，
由聰明而入糊塗更難，
放一著，退一步，
當下心安，非圖後來福報也。

越來越喜歡鄭板橋「難得糊塗」的境界，丈夫笑我，不是在為自己解嘲吧！以前腦子像電腦，現在卻什麼也不往心上放，確實進入糊塗的境界了。

年輕時，耳聰目明，雖然不是過目不忘，至少人名、地名、電話、帳目，全存在腦中，親友的生日，朋友的紀念日……輕易的如數家珍。近年來，開始記性減少，忘性增多，許多不必要的雜事全不往心上放，真正是「心」輕如燕，不再生煩惱負擔。

人，其實是很在乎自己的，外形、內在，無時不在心中存著份量，我們需要內省自勵來提昇自己，卻也需要別人的肯定、支持去得到力量。但是年歲越長，我們越需要的是自我舒解的力量，自己想不開、看不透，很多人生的境界就限住在一個牛角尖，很難掙脫，也容易自縛。

自我舒解，必須要從面對自己開始。

年輕的時候，最愛注重自己的外表，青少年的孩子，愛打扮、也重名牌，正是這種心理。及長，逐漸成熟，外表的美醜，很容易就克服，自己產生信心，有自我的看法，外在的一切，就不太在乎了。美也好，醜也好，面對著自己的「己有」，自然處之淡然，但是在處之淡然前，當然也會有一份掙扎。

這份掙扎，也是一個成長的過程，面對自己的缺點、短處時，有掙扎，才有長進，若不敢面對自己的短處，自然停留在作繭自縛的地步，永遠也不會有超越自己的時候。

人都有放不開的時候，因為放不開，所以執著。執著，有時是好的，因為可以擇善而固執。有時卻是害人的，因為會鑽入牛角尖，進去了出不來，這兩者間的拿揑抉擇，自然也成了心理上的一個掙扎。

心理學上最常用的，就是要「放」，放走一些恩怨煩惱，才有空間接受喜樂歡笑。能放棄一些陳腐、自苦的思想，才能接受新穎、肯定的看法。

也許是看到了生命的極限和無奈吧！我們唯一能面對的，就是自己。不要用逞強好勝把自己壓住，也不要用年輕的聰明，和中年的通達相比。生命中的每一個階段有每一個階段的領悟，得失之間，重要的，是保持一點自我心中的平衡，能用平常心面對所處的世界，人生的境界才能開朗。

解嘲也罷，豁達也好，因為能夠「放」走一些困擾，面對自己的缺點，才能領悟「糊塗」的境界。以前總以為凡事聰明，偶爾糊塗可以原諒。現在感到的是愛自命不凡，要高人一等的人之狹窄。這世界的許多紛擾，就是因為許多人愛自作聰明，要自以為聰明所致吧！

人，許多苦惱，許多痛苦，全是因為放不開而引起，人生苦短，生也有涯，何必跟自己斤斤計較？圓熟通達，於己於人，都是另一種成長。

能夠掌握自己的人生，難免要有一番掙扎的，這個掙扎，也許就是人到中年，必須經過的考驗吧！

快樂的源處

讀過一則很有哲理的寓言——

有一個人蹲在街上找鑰匙，他的朋友看到了，也蹲下去幫著找，可是仍然找不到。

「你到底丟在哪裡？什麼角落？這樣茫無目標怎麼找得到？」他的朋友問。

「哦，我是在家裡弄丟的。」他說。

「那你怎麼跑到大街上找？」朋友怒責。

「因為街上比較亮呀！」他理直氣壯的說。

這個故事，聽起來很好笑，但是細細品嘗，卻有一種辛澀的苦味。

我們的生活中，不也常常充滿了這樣的笑話，只是我們不覺得罷了。

肉眼所見，亮處總是充滿了炫麗色彩，肉眼能見的東西，也因此較易接近而唾手可得。

但是在陽光普照、燈光輝煌的人世間，不快樂的人卻越來越多，他們找了一輩子，坐車、坐船、坐飛機……他們一直在尋找著，最後卻把自己也迷失了，當然也始終不曾找到快樂。

本地有名的巨富，舉槍從喉頭射入，結束了只有四十五年的生命——住在高級住宅的工程師，舉槍殺害二名兒女，再射死妻子，然後自盡——他們的理由都是長期以來的鬱悶、不快樂。華屋遊艇、萬貫家產，但是生活對他們已失去了意義。

經濟學家說：「金錢是快樂的因素。」他們忽略了金錢以外的心靈因素。

往亮處走，跟隨著街上的人群移動，總是較為容易而安全的。人是群體動物，自我深思及探討，往內心找尋，卻是孤獨而艱難的歷程。

然而除了自己，有誰能提供你亮麗的光明？

人們為了生活，不得不努力賺錢。

又為了賺錢不得不把生活投入。

因為人人都這樣做，所以自己也跟著這樣走。

有了一部車，要有兩部，三部——

有了一棟房子，要有兩棟，三棟——

點點滴滴，投入了生活，投入了自己。

最後，只剩下一個軀體，一個賺錢的機器。

懸浮的心靈卻因此失去了著力處。

其實自己就是快樂的源處，心靈的依恃，唯有自己才能找到開啟快樂的鑰匙。

教育學家莫斯羅的著名理論，人類有求生、求飽、求安全、求成就的需求。但是成就的範圍那麼廣，成就的境界無限高，若不認清自己，不瞭解自己，不僅有高處不勝寒的孤獨，更有爬不上去而跌得粉身碎骨的危險。而更危險的是，若是以金錢做為成功的目標，成就的肯定，那麼即使獲得，仍有失落的空虛和茫然。

沒有人教會我們生活，也沒有公式可以套合。我們需要的是自我的認識和尋求，不是往街上，往亮處找尋，而是能往心靈，認識真正的自我。

不要高估了自己，若是你瞭解自己只是泛泛之才。

不要活在回憶裡，如果你心中有著理想，往前走，比往後退，容易使人成長。

不必企圖改變世界，也不必讓自己躲入黑暗。參予與瞭解的心，是心靈平和的因素。而愛、忠誠與關懷，是人生不渝的寶石。

金錢可以點綴生活，卻永遠不能成為生活的全部，你一旦被生活吞噬，也就失去了自己心靈的寧靜，當然也找不到快樂的源處。

品味與風格

迷你裙又流行了。

看到商店櫥窗模特兒身上穿著短及膝上的時裝，看到公共場合那些展露在短裙下的雙腿，我忍不住要想那些「帶領風騷」的時裝界，在才盡智窮時，總是二十年風水一流轉，又把流行過的東西帶回來炒一次冷飯。在廣告上、電視上，大大傳播一番，效果也都不差的，至少那些追求時髦，站在時代尖端的人士，總會急起直追，跟著流行的方向亦步亦趨。

不過，今年的迷你裙聽說並不如當年風行，原因是三十歲以上的婦女們拒絕向潮流看齊；我曾經向幾家商店的店員問過，她們也說賣得不好，只有年輕的小姐比較熱中，職業婦女、家庭主婦，還是選擇自己喜歡的款式，而捨棄正在流行的時髦短裙。

這使我想起了品味與風格的差別；品味來自於時尚與流行，比較注意大眾口味，也在意別人的鑑賞，一個講究服裝的人，可能有昂貴的品味，卻未必有獨自的風格，因為風格不止表現於衣著，同時也是一種內涵，它來自於各自內在的修養和想像，並非一時之間或時髦的衣著可以塑造的。

年輕的孩子，講究時髦，追求昂貴的品味，要穿名牌的衣服……這種心理是可以瞭解的，因為急於與人認同，要求別人肯定鑑賞的心理是普遍的現象。但是經由時日，經過自我內心的歷練、陶冶，自然而然會形成自己的風格；這個風格，也就是我們常常說的「氣質」吧！只是風格並不是每個人都有的，有些人就是很有「味道」，很有「氣質」，有些人儘管穿上名牌，打扮昂貴，品味不低，但是沒有自己的風格，只能算是時髦人物而已。

文學、藝術、音樂，甚至科學，在現代社會中，五花八門，各行其是，但是好的作品，仍是貴在有獨特的風格，而不是迎合大眾，追求時髦而已。

好的文學、藝術作品，可以提昇人類的精神領域，有風格、有創見的科學家又何嘗不是人類之救星？因為科學家有決定人類生死存亡的責任，我們不免要期望他們格調高些，多為人類前途設想，少為個人私利打算；同樣的，文學、藝術的格調也是如此；曲高和寡固然寂寞，降格以求更是悲哀。

一個多元化發展的社會，或者說一個日新月異的社會，本來就難有永存的價值觀念可言；今天流行的，到了明天，也許成了明日黃花，棄如敝屣，若只是一味追求時髦，而沒有自己的風格，到頭來難免只是一個時裝的模特兒，缺少自我的氣質與風格。而文學與藝術，若是純粹迎合大眾品味，缺少各自的風格，當然也是一個時代的損失。

婦女們可以冷落迷你裙，堅持一點自己的選擇，這是信心，也是智慧。生活在今日所謂的資訊發達、人工智慧的時代，人類還是需要有一點智慧、一點選擇，也可以說是適合於自己的風格或氣質吧！也幸好電腦不能取代大腦，我們各自的智慧才能形成不同的風格，而不只是流行的風尚而已。

匆匆歲月

……燕子去了，有再來的時候；楊柳枯了，有再青的時候；……聰明的，你告訴我，我們的日子，為什麼一去不復返呢？

——朱自清

偶爾翻閱《現代文選》，看到朱自清先生的〈匆匆〉，以前讀時，因為國文老師命令要背誦，順口就琅琅背熟了。而今再讀，仔細回味，雖然隔著時代，還是有很深的感受。

時間，對於現代人是一份莫可奈何，燕子去了又來，楊柳枯了又青，有時甚至來不及細瞧大自然的更遞，一年匆匆又到了尾聲。

猶太牧師柯士寧曾說過奴役與自由的問題，誰是奴隸？誰是主人？自由的意義是什麼？《聖經》中說：奴隸是受主人支配，主人是擁有奴隸的身體。但是，在八十年代的社會中，奴隸的主人不是擁有奴隸的身體，而是時間，誰無法控制自己的時間，誰就成了生活的奴隸。

看看生活中周圍忙碌的人們，真正成了生活的奴隸。一個無法控制自己的作息時間，被忙碌的工作牽著鼻子走的人，並不比奴隸享有更多的自由。一個人無法抽出時間與家人團聚，去看兒女打球、舞蹈表演或與家人交談用膳，這樣的人，如果有優厚的收入，也只是一位受時間支配的奴隸而已，因為他沒有自己的時間，無法自由安排自己的生活。

美國是一個高度緊張、講求效率的國家，在時間就是金錢的觀念中，人人分秒必爭的忙碌著，這種生活方式也逐漸感染到其他的國家，但是在其他的國家，像歐洲或東亞，還有宗教或文化的精神力量去平衡，在物質與功利掛帥的美國社會中，物質的慾望領導著一切，於是人人用時間換取金錢享受，也因此時間變成了控制一切的主人。

有一位法國中產階級的業務經理，到美國旅行，談到他一年的時間安排，冬天滑雪，夏天度假去海濱晒太陽，六十歲退休後，生活有保障，醫藥有保險，生活得安定自在；有人問他羨不羨慕美國的生活？他一口否決，「這樣匆忙緊張，人，像一個機器，有什麼意思？」

由於忙，由於講求個人主義，人與人之間的關懷也減少了。以前的大家庭中，有長輩親人可以相扶相助。現代人各忙各的事務，年輕夫妻，小家庭之中，都沒有可以諮詢、參考輔助的親人長輩。有問題有急事時，沒有幫手輔助，也沒有精神支持，人人像上了弦的弓，緊張萬分。有時若長輩親人住久些，嫌煩不耐之情，完全取代了天倫之樂，有人甚至大表同情：「可憐的某某，還要侍奉公婆（或丈母娘等等）。」這樣的價值觀念，演變下去，人與人之間的關係就更顯功利淺薄了。

時間的流逝既然掌握不住，自己的生活方式卻可以由自己選擇，若是為了功利，每天被時間追趕著，被時間控制著，沒有一點自己的自由，又是所為何來？生活的優先次序，心中的輕重份量最好自己先有比較，否則在多采多姿、忙碌匆忙的生活中，驀然驚覺，歲月流轉，而自己一無所有。曾有一位經年忙碌的人，連年節、假日都無法與家人團聚，接連幾年下來，兒女長大成人，他向我感慨提及，兩代之間有如陌路，而親人友朋之間，更是冷淡疏遠，頓覺人生乏味，茫然若失。

有人說，時間就是金錢，但是金錢不能買到一切。時間無法賺到，卻可以用心安排，聰明的人類，應該明白，如何去掌握自己的時間，安排自己的生活，而不是身不由己的淪為時間的奴隸。

在新的一年來臨之前，希望我們都更懂得安排時間，生活得更安寧充實。

讀信

最愛信箱中塞滿了朋友的來信。

也許是遠離家園，生活在異鄉，而從小又在姐妹朋友眾多的家庭中生長，收信的快樂，一直是生活中最大的享受，尤其是二十多年前來到美國之後，親情友情全封入了一紙信箋，展視在眼前，不能促膝談心，紙上抒情也好。

有時一早出門，最急的是趕快回家，急急打開信箱，不忍讓朋友的信在信箱中久候，更急欲享受那份讀信的快樂。若是出趟遠門，旅行回來，摒除萬務，最讓人溫心的是從郵局抱回的一大袋書信，常常就坐在地氈上，百事不管，把自己埋入信堆中，充分享受回家的快樂。

做為一個握筆的人，讀和寫幾乎成了生活中的全部，想想真是不可思議，這樣單調規律的生活模式，竟然二十年如一日，如果不是喜愛，大概就是瘋子吧！

使我「發瘋」的因素，也因著愛與人分享的熱情而起。讀朋友的信，讀文友的作品，都是精神上與心靈上的收穫，也是異鄉生活的慰藉。沒有這份溫情，如何有面對現實挑戰的勇氣？而寫作感懷，細察東西文化差異，分享心中沉思偶得，更成了我生活中的必需。朋友的信，讀友的迴響，編者的邀稿，越過千山萬水，塞入信箱中，展示在眼前的，全變成了一份關懷與溫情，使我人在海外，而心在家園，渴望彼此間心靈的交流與聯繫，化解我心中時時浮現的鄉愁。

除了家人，朋友在我心中佔著極大的份量，而他們的來信，一直是我異鄉生活中的至愛，尤其在天寒地凍的十二月天，從各地飛來的信件，滿滿的一信箱，抱在懷中，使我感到溫暖和富足。

小品三帖

1. 花團錦簇皆是愛

朋友送給我一盆盛放的菊花，她還在鮮黃的花上，巧心的繫上了一隻綠色的蝴蝶，栩栩如生的綠色蝴蝶，不僅為那盆景添增了色澤，也為我的新居，帶來了一份喜氣。

我一直喜歡花（誰又能拒絕花的歡悅之情？），但是忙碌的生活，往往使這份喜愛塵封，為了免於冷落了花草，又不忍看到「花凋」的慘敗枯萎，我已很少用花來點綴我的生活。

我以前並不是這樣的。

小時候，我喜歡在屋子的陽臺上，種植各種會開花的盆景，播種的興奮與花開的欣喜，曾經是我童年生活中難忘的回憶。

婚後，遷居大度山，每天有提著鮮花的賣花女，在朝陽初露中，親切的兜售鮮花，看著那清新欲滴的鮮花，在晨曦中展放，就有一種由衷的歡愉之情，我總是用各種不同的鮮花，插滿在屋子的每個房間中。那種單純、芬芳的氣息，好像是當年生活中每天期待著的快樂。如今回想，彷彿已是遙遠而不可及的懷念了。

現代人，往往生活在一種莫可奈何，身不由己的無奈中。

其實，生活是簡單的。

是人，使一切複雜了。

種花、養花、賞花、惜花，原本是一件單純的喜好，但是，什麼花該種在什麼地方，哪種花又該在哪種季節播種，庭園要有庭園的設計，花圃又要有花圃的樣子，不同的節令，各有不同的花色，不僅要懂，而且有人問及時，要能琅琅上口如數家珍，才顯得出「主人」或「愛花者」的品味學養。像我這種純感官，憑直覺的賞花者，對於那些厚厚的花卉專集或園藝知識，常常一知半解，有時連花的名字也叫不出來，只有自我解嘲說，一個人一生只能專注一件事，因為才智有限，若每件事都要窮究學理，鑽精研究，如何能有心情欣賞？

有時候，我們真該弄清楚，「成就」與「欣賞」是不同的，若人人追求的是成就，那麼又有誰來欣賞別人的成就呢？

人人都成了園丁、花匠，誰又有心情來欣賞別人的花園？以及花園中的花團錦簇？

在忙著把花移植之前，還是先欣賞花開的美麗，以及送花者的一份溫暖的友情吧！

2. 一切牽扯都是情

生活在以「丟」為時尚的美國，若不學會「丟」的學問，真有跟不上時代之嫌，不是嗎？紙杯紙盤可以丟，舊的、無用的東西也可以丟，本來嘛，東西失去了利用的價值，當然留著沒用又佔空間，所謂「舊的不去，新的不來」。問題是，許多事，不是有用沒用的「經濟價值」而已，人類之異於其他動物者，也是因為人，有人性，有人情，若事事講求利用價值，凡事光問有利無利，那麼人類的尊嚴又值幾文錢？

我自己是一個「不捨得丟東西」、跟不上時代的人，尤其是朋友的信件、卡片、照片，一盒盒地收藏著，出國前的書信，仍然留在娘家的閣樓。出國後，從一九六九年至今，仍然保存著。這次搬家，才造成了一個大問題，不僅抽屜中裝不下，整理起來，又勾引了許多回憶，花了一星期的時間，每天理書房，都是越理越亂。因為往往一理，就勾引起了回憶。可以坐在書房的地上，在一堆書件中，消磨一下午而一事無成。所有的賀年片，朋友的信件，甚至連早年的支票及做學生時的筆記等等，一一俱全。丟舊的衣服、用具甚至玩具，我比較有魄力，我知道送到紅十字會或教堂，都會有妥善處理。玩具孩子用過之後，有小姪兒、姪女以及朋友的孩子可以分享，只有朋友的信，最難割捨，每一封信都是一份情意，彷彿丟棄了，大有背叛朋友之嫌。

但是東西不丟，確實造成了不整齊的壓力，一切雜亂無章，皆是心理負擔的因素，找起東西來，費時費事，這幾年來，我也學著只留文情並茂的信，對於電話式的只是傳遞信息、問好、謝函之類的文件，已可以處理得果斷些。但是，惟獨早年的這些信件，因為包涵了太多初次離家的鄉愁，朋友們在旅居他鄉時的文化衝擊，年少時的感時念國，理想抱負，在當年經濟不寬裕，電話不普及的年代，都由信件中留下了痕跡。

我最後仍是找了一隻厚實的盒子，把二十年來可貴的信件再裝入盒中，也許等哪一個冬日的下午，坐在爐邊細讀回味，也許這輩子也可能不再去觸及，但是，那是友誼的珍藏，是千金不換的情感。我不僅珍惜在心，也珍藏那值得回味的記載。

是的，在國外生活了十七年，在美日新月異的文化中，也學到了許多「丟」的學問，像人性上許多的缺點短處，我們也都在學習中，把自己的缺點像消極、悲觀、自私、懷疑等等否定的因子丟掉，丟棄自己的缺點後，我們也就越能豁然開朗，因為我們學著面對自己，「丟」掉一些困擾自己的東西。但是，捨不得丟，也不能丟的就是「情感」，在講求功利，追求物質的社會中，金錢可以買到許多東西，唯獨買不到友情與真愛。

有人可以瀟洒的公事公辦，也可以不帶一絲眷戀的把親情友情丟置一旁，就像丟棄一雙穿舊的鞋子一樣，這點是我始終學不會，也不肯去學的。

丟，也是一門學問，收放之間，仍然要記住，我們是人，許多的價值觀念還是要以「人」為本位而不是以「利」為抉擇。

3. 忙中的情意

忙，已經與現代人的生活結了不解之緣。

好像人人都在忙著，若是不忙，倒是有點反常了。

生活中，有事忙，總比閒著無所事事好。忙，代表著一種進取、有勁的生活。但是，忙到六親不認，生活匆促，就有點像無頭蒼蠅，難免要跌得頭破血流了。古人造字，早有所見，「忙」字拆開，是「心」「亡」，也是值得我們警戒的了。

吾友凱倫，從非洲回來，她任職海外，但是每次回來，總不忘召集友好歡聚，即使只停留一兩天，仍然要享受「友情、親情的溫暖」，她說：「再忙，也有時間與朋友相聚，不然，忙忙碌碌一生，又有什麼意思？」

這次她回來，是華府方面考慮要把她升等並調職，但是仍忙中抽空，並召集了昔日同學，在她家中歡聚。這位當年上課時總愛把鞋子脫下，把腳翹到桌上，而引起我同她爭論多次的自由主義者，因為我們兩人之間的不同觀念，而激勵了許多文化、價值觀念的「火花」，卻也奠定了兩人之間深厚的友情。畢業後，她從事第三世界公共衛生及保健的教育工作，大半的時間，皆在非洲度過。當我們住在有空氣調節的建築中，大談個人的信念與文化差異、價值觀念時，凱倫是在連飲水都要到三里外去提的小村莊中，教人如何消毒、育嬰以及避孕、認字的教學活動。她對著我們這些在各自生活中，忙得彼此無暇見面的朋友們說：「有人喜歡在象牙塔中談理想，我卻愛在泥土大地中討生活。」、「忙，是我生活的寫照，但是，在非洲，我最受不了的不是忙，或生活落後，而是『想念親友』，」她對著我們，很不以為然的訓著：「你們竟然可以住在同一城中，要等我回來才見面，這種忙得連朋友都不見面的生活，又有什麼意思？」

我們被「罵」得啞口無言，只好面面相覷。柏西說：「我們真是無可救藥，你就常常回來救救我們吧！」

但是，多麼久她才能回來一次，上次回來，是兩年前的感恩節，她還在與家人度節之餘，想起了我的生日，巧心的安排了一個「意外驚喜的生日宴」，使我感動又感謝，也使久不相聚的同學老友們，度過了一個難忘的夜晚。

有人的心思細緻，處處為人設想，她讓人念著時，心中總是充滿了溫情暖意。

忙，真的不是壞事，但是要忙得井然有序，而不是本末倒置。在忙碌的現代生活中，要時時與親人友好歡聚當然不可能，但是，卻也不必忙得無情無趣，不近人情。

生活其實是由我們自己安排抉擇的，忙中偷閒，享受一切忙中的情意，付出一份關懷的心情，都會使緊張的生活，增加許多涵意。

許願

「我這個月吃全素。」

她熟悉的捲著我的頭髮，面帶微笑的說。

「我許了願，現在還願。」

「許了什麼願？」我好奇的問。

「我女兒考藥劑師時，我許了願，一直為她禱告，如今考過了，得到執照也找到工作，我要向觀世音還願。感謝上天保佑！」

從鏡子中，我看到了一份做母親的驕傲。

我彷彿也看到了多年前，母親為我們考學校時，吃齋許願，虔誠專注的神情。

心中有願、生活有寄，日子有所嚮往與期待，就過得踏實而愉快。像這位令人敬佩的母親一樣，用自己的雙手，替人燙髮、扶養六個兒女，多年來無怨無悔，總是愉快親切，如今兒女個個上了大學，也有了工作。也正是這份專注而虔誠的心，使她活出自己的風格。

現代心理學家，常常提醒父母，不要有所期待，因為對兒女的過份期待，會使兒女受到束縛，受到壓迫。種種的學理與說法，使現代父母，左右為難。既不敢給兒女太多壓力，又不能放任兒女，不聞不問。介在中西的夾縫中，常常有無所適從之感。

中國父母確實對兒女的教育有比西方父母更多的期許，但是也因為這份期待，使兒女專注於學業的發展，並且全力以赴。各方的說詞，當然有值得檢討省思之處，但是因噎廢食，為了怕兒女受到壓力，而全然放任，不敢期待，不加輔導，也是一種損失。

許願與期待之間，小小的差別，也許正是現代父母一種調適的過程，不必迫著兒女去爭強好勝，凡事要名列前茅，奪得錦標。但可鼓勵兒女，自尊自愛，盡力達到他們心中的願望，期待與願望的差別也是如此，若期待是父母心中所希望的事實，沒有兒女自我的心願，自然也沒有自動自發的驅使動力。設法找出孩子們想要做的事，想要達到的心願，父母再加以支持鼓勵，給予精神上的接納與讚賞，他們自然會全力以赴，心願得償。

問這位快樂的母親，是如何教養兒女的？

「哎，我那有時間教他們什麼道理？都是他們教我的。」她說：「我只是給他們吃飽穿暖，隨時隨地關心他們，也許就是愛吧！」

盡信書，不如無書，太多的學理教條，有時候化繁為簡之後，只是一個簡簡單單的「愛」字，全心的愛與包容，如此而已。曾經有人與我大談愛與技巧，「沒有技巧，愛就會失效，」她說。但是，我始終認為，只有技巧，而無愛，根本就是虛假空洞的愛，現代人的問題是否也因太多技巧缺少真愛而來？

做為父母，我們心中的願望是希望孩子健康快樂，能發揮他們的志趣與才能，心願足矣！至於技巧與否，若沒有真愛，再多的技巧又有何用？

年少無知

我十四歲時，簡直受不了我父親的無知，但是當我二十一歲時，我很驚奇的發現，七年之內，他成熟長進了許多。

——馬克吐溫

馬克吐溫是我喜歡的作家，他的幽默，不僅雋永，而且令人回味無窮。

每當有朋友向我抱怨他們的孩子自大而無知時，我就想起了馬克吐溫說過的話——「我十四歲時，簡直受不了我父親的無知，但是當我二十一歲時，我很驚奇的發現，七年之內，他成熟長進了許多。」

馬氏的幽默，也許使做父母的情緒，鬆弛之外，更有會心的微笑。

誰沒年輕過？誰沒那目中無人、自以為是的狂放年代？只是年輕的歲月過得太快，做為父母很容易忘記那曾經有過的年少無知，尤其是當我們成長的歲月是以刻苦、壓抑、吃苦忍讓為座右銘的，下一代的無理自大，往往令父母失望傷心。

做父母的都喜歡提起自己的當年勇，加油添醋地強調自己的成長經驗，「吃得苦中苦，方為人上人。」沒有經過這些苦，那裡有今天的生活？有時候實在看不慣孩子的好逸惡勞、愛享受、不努力的懶散態度，忍不住要誇大一些自己的苦處，來壓制那年輕的不知愁滋味。

好像每一代都是如此。

年輕時，我父親習慣用：「你爸爸不是開金礦」來提醒我們要節儉，每當我們要看電影或與朋友外出時，我們會習慣先聽一場精神講話，讓那愉悅的心情，蒙上一層灰，在自省與檢討中，總是洒脫不起來。

輪到自己上場時，想起了身為父母的重任，不免也苦口婆心，時時耳提面命要把人生經驗全部灌輸給孩子。用心不錯，但時代不同，這一代的孩子，更沒有我們當年的「溫良恭順」。他們有個性，有主張，像馬克吐溫所說的「自命不凡」。

有位母親告訴我，每當她的孩子要出門時，她必定再三叮嚀：「小心開車」、「不要超速」、「早點回來」，孩子嫌她囉嗦，有一次忍不住對她說：「媽媽，我也是經過筆試、路試才拿到駕照的。」氣得做母親的，好幾天睡不好覺。

又有一位媽媽說，孩子不好好練琴，因此老彈不好，她責怪孩子太懶，孩子從椅子上站起來對不會彈琴的媽媽說：「媽媽，妳來彈給我聽。」

多少的例子讓父母傷心，多少的話令父母生氣，於是指責又指責、教訓又教訓，兩代的關係越來越疏遠。

用既有的標準來批判孩子，固然不好，因孩子的話而生氣更不值得。

我想幽默感是最好的解答。

開車安全、生命攸關，每位做父母親的都有同樣的心路歷程，好像不說，就有不盡責任之嫌，讓孩子明白這份囉嗦而重複叮嚀的愛心。有位朋友說，她每次都會說：

「早點回來」、「小心開車」，不可救藥的婆婆媽媽，女兒明白母親的心，忍不住幽媽媽一默：

「媽媽，以後我們出門前，您伸兩個指頭，一個是『小心開車』，第二個是『早點回來』，一切盡在不言中。」

母女哈哈大笑，共浴那份心領神會的瞭解與關懷。

生氣嗎？大可不必。

成長的陣痛，往往跟隨著長大成熟而來，當然不能任由孩子放縱無禮，但是放下權威，用一點幽默，會使生活充滿笑聲和樂趣。

畢竟，我們希望孩子長大後，是一個有完整人格的公民，而不是唯唯諾諾的應聲蟲。下一代能過得比我們好，比我們積極快樂，正是我們努力的目標。我們並不想控制他們，左右他們。有一天他們也會像馬克吐溫一樣，發現短短幾年內，父母長大成熟許多。

愛，真正是父母要給予孩子的禮物。

而幽默是孩子在折磨父母時，回送給父母的生活禮物。每位父母的幽默感都將發揮出來。

輯二　美哉！婦女

美哉！婦女

為《世界日報》寫了多年的稿子，彷彿已成了生活中的一種習慣了。每當看到家園版上婦女朋友們的隨筆、思想、生活所得，或所思所感，心中就有一種親切、熟悉的感受，在育兒、持家、自我成長中，每個人不都是如此用心，莊嚴而又努力的走過來嗎？

在多采多姿的世界中，要堅持一份理想並不容易，但是因為有所選擇，有所衡量，因此所堅持的也變成了自己經過抉擇後的信念。譬如：養兒育女，在講求功利實用的社會，為這份辛勞而付出耐心的人，越來越少，比起了耀眼的頭銜，母親的角色，已逐漸顯得黯淡無光。但是，仍然有這麼多人，為給孩子一份完整的母愛，為一個美滿的家庭，為健康快樂的下一代，默默的付出，認真的學習，試著在家庭、社會與自我間，尋找一份安身立命之處，這份堅持與努力，就足以蓋過一切耀眼的外在頭銜與成就。

這幾年來，由於孩子已經長大，我自己也比較能從工作與家庭中，自由支配時間，因此有了較多與婦女朋友接近的機會，譬如：前年在紐約《世界日報》的座談會，這一兩年在休士頓學術研討會中由唐心琴、譚家瑜兩位女士召集的婦女座談會，去年冬天在波士頓開完會後，由李小孟女士負責的婚姻座談會等等，使我接近也更體驗到中國婦女沉靜中那份善良、執著的美德。這些年來，我幾乎每年回臺灣，也總是與婦女朋友們有許多接觸及座談、討論的機會，每一次的接近，也總是加深了我心中的激盪，這份深切的感受，使我常常在聽到了她們心語之後，跟隨著她們的快樂而喜悅，陪伴著她們的憂愁而煩惱，每一份喜、怒、哀、樂的心路歷程，都會撥弄著我的心絃，也都使我對婦女朋友們產生更深的敬意與祝福！

去年在臺北，由婦女朋友組成的「飛翔媽媽們」告訴我，她們花了六星期的時間，研讀、討論我譯寫的《為妻的心路歷程》（其實她們自身的努力，就是一份令人欽佩的心路歷程）。她們說，每星期聚一次的快樂，使她們生活得踏實而有希望。每次出門前，也都盡力把家事做好，把晚餐準備好，才快快樂樂的出門去參加座談會。有一位三代同堂，家有公婆、小姑、學齡孩子的主婦說，抽出時間讀書是非常不容易的，但是如果不這樣做，她整個人都與外界脫節了，雖然出來一趟，回去難免遭婆婆數落，但是她能忍受誤解，卻不能忍受無知。誤解總有一天會變成瞭解，無知卻會變成愚昧、狹窄，說不定將來連丈夫、兒女都無法與妳溝通。

在紐約的朋友們，為孩子的學業、各自的家庭及事業忙碌著，但是她們在忙中，還付出許多心血在公益服務上，並且出版了「下一代」的刊物，真正是把心血投資在下一代的教育上了。

在休士頓開會時，除了認真的談論生活的品質外，婦女朋友們還透露有心為自己的閒暇安排出路，多少曾經愛塗愛抹，愛文學詩詞的朋友們，總是告訴我他們埋植心中重拾畫筆、文筆的心願，為了家，為了孩子，許多雄才大志，許多才華嗜好曾經埋沒，在孩子成長後，在家庭經濟好轉後，她們才想到了「自己」，這份犧牲的精神、蘊藏的才華是不會永遠被埋沒的。我相信也應該得到家人的支持鼓勵。

在波士頓的婦女朋友們，除了致力於自己的專業外，也誠心誠意的為家，為孩子，為更美滿的婚姻關係，討論著可能面對的衝擊與解決之道。有智慧的人，能在生活中找出問題，而後合理的解決問題，這是快樂的人生之道。而不快樂的人，永遠憂愁掛慮著，卻不敢面對問題。這次的聚會，是一個有建設性而誠懇的座談會，也使我認識了更多有理性、有熱誠的婦女朋友。

在這不斷的接觸與連繫中，有些人透過書信、文章流露了一份情懷，有一些壓抑的苦悶，也有一些生活的無奈，更有許多人分享她們的理想與獲得，也有不少努力的堅守和快樂，我高興能分享到她們心中的喜樂與困擾。

不論家庭主婦或職業婦女，她們全心全力為家庭的和睦快樂而付出的精神，都應該得到祝福與鼓勵。但是若是心中有委屈與怨尤，也應該有申訴說出的機會。任勞任怨雖是中國傳統的美德，我卻不贊成一家之內，要如此忍耐犧牲的負荷著，因為犧牲包括了負面的作用，如果正負兩方永遠不平衡，一家之內，給者恆給，受者不還，太多的付出與壓抑，難免使心理失去平衡，而產生不快樂的情緒。

也許應該給先生們一些表現的機會，若責怪所有的丈夫都不幫忙家事是不公平的，因為有些太太們一手包辦了家中大小諸事，與其抱怨家事無人分擔，何不也給先生們一些表現的機會？

「每一位成功的男人後面，都有一位賢淑的妻子。」這是我們常常聽到的話，其實，反過來說，也是同樣的道理。每一位成功、快樂的婦女後面，難道不需要一位瞭解而支持的丈夫？其實，成功與否並不重要，重要的是內心的踏實與快樂的感受，那種感受，流露於外表，就是一種令人難忘的、美麗的印象。

站在「美哉！婦女」後面的，不也是許多未曾露面的偉哉！男士？

讓我們期待，這世界有更多的偉哉先生與美哉婦女！

明天會更好

時間的安排，對現代人而言，和金錢的處理一樣重要，尤其是家庭主婦。一個會安排時間的主婦，會生活得自信、快樂。反之，很可能蓬頭垢面，與外界脫節。

假設你結婚之後，有了孩子，並且以家庭為優先考慮的條件，在不必外出工作，或沒有合適工作真正可以發揮自己才幹時，暫時留在家中，照顧年幼的兒女，並不意味著「從此與世脫節」，或「做定了黃臉婆」，如果有這種心態，首先要克服自己的不平衡心理。

從我的觀察與經歷中，發現一般婦女的時間，可以分成三個階段，這三個階段如果好好安排利用，不僅可以幫助自己的成長，也促使家庭的和諧美滿。女人，並不需要放棄一切來配合家庭。相反的，在照顧兒女的同時，也同樣可以發展個人的潛能，最重要的是平衡發展，而不是「犧牲」的精神。為家，或為事業，而犧牲了自我，終究會產生一個不平衡、不快樂的個體。

這三個階段大致是——

1. 孩子學前時間，也就是需要全天照顧的時期。
2. 孩子上學之後。
3. 孩子成長離家之後。

第一階段——有年幼的孩子，必須全心照顧兒女的時期，也許是主婦們最迷茫、困擾的時期。但是，也有人發現，正是這段時期，給予自己成長，也給孩子充份關懷與照顧的時候。一位做慣了職業婦女，突然要全天候留守家中照顧兒女的年輕女性，也許不容易適應，而想到的全是消極、否定的例子。反過來，如果自己思考過這個問題，稍作計劃，想想兒女需要全天照顧的就是學前這幾年，等他們上學之後，自然就有較多的時間安排自己。

但是，照顧兒女，並不是要完全放棄自己而沒有一點生活的樂趣。曾經有年輕的媽媽向我訴苦：「沒想到帶小孩這麼辛苦，如果知道自己落得這種下場，就不生孩子了。」

想起自己也有過的心理，總以為待在家，就是困住了自己，每天在奶瓶尿布間打轉，而忘了享受孩子成長的快樂。既然孩子是自己所愛，家，也是自己用心經營的，為什麼不能採取主動，把情勢轉換？孩子醒時，與他說話、玩耍、推著兒車會朋友，晒太陽。孩子午睡時，看書、寫作、聽音樂、做自己愛做的事，絕不要用孩子休息時，自己馬不停蹄的做家事。要知道，家事是永遠做不完的，如果不隨時捉住時間「照顧」自己的喜好，「黃臉婆」的形成大概就是這樣開始的。

我在老大未滿一歲前，也是全天候的在家照顧他，那時住在東海大學。每天早上有人來幫我做半天家事，我就推著他出去晒太陽，到圖書館看書，等回到家，他常常因外界太多「好奇的刺激」，早已累得要午睡了。餵過午飯，我往往有兩三小時的時間看書。下午他起來後，陪他玩玩唱唱，等他晚上就寢後，我也有些時間準備第二天的飯菜。到了美國後，活動更多，帶著孩子參加聚會，媽媽們一起交換育兒心得，孩子們學著與玩伴分享玩具。有時讓做父親的陪陪孩子，使他們也有機會享受為父的快樂，也與兒女建立親密的關係，做媽媽的趁機出外換換環境，享受清靜。這一點非常重要，要夫妻兩人互相體諒。當年如果不是丈夫總是在週末讓我去圖書館東摸西逛，我的第一本書不可能在孩子三歲前出版。

我總是跟年輕的媽媽說：「不要放棄自己的喜好。」即使有了孩子，也只是暫時的忙碌，孩子有長大的時候，自己卻不能退化。自我，不必離開家去找尋，只要隨時不忘充實自己，關心外界，孩子會成長，自己也會更成熟。重要的是用點心，把時間妥善利用。

第二個階段是孩子全上學之後，如果喜歡在家享受家居的自由自在，當然也可以繼續享受這份自由。但是，現在的社會進步神速，學習的機會隨時向你伸手，求知的快樂，是讓人活得踏實、自信的因素。我鼓勵婦女朋友們，千萬別放棄自我的成長，現在成人教育如此普遍，各種技藝才能的傳授，讓人「發現」更多內在的潛能與趣，能多面發展，也得到多種樂趣。

我自己就是在等了十年之後，才繼續完成教育學位，而這個等待是值得的。孩子小時，與他們玩耍唱遊，參與他們的學校活動，學習到美國社會的結構型式，瞭解小學的作業方式，自動參與志願工作。這些都不是浪費時間，而是給自己多一份學習的機會。如果不用功利的方式去評估一切，許多與人交談、社會服務，都是自我成長學習的機會，最怕的是把自己封鎖起來，與外界脫節，用孩子小需人照顧為藉口，排斥了各種學習與服務，等孩子超越了自己，才發現連交談的話題也沒有了。有時甚至連夫妻間也失去了談話的興趣，這才是最大的損失。

在海外的中國婦女，更因受限於語言能力，而處處退縮，尤其在參與孩子們的學校活動時，往往採被動方式。其實語言能力可以培養訓練，沒有人期待你字正腔圓，和土生土長的人一樣流利準確，但是如果不說，更沒有進步的機會。和孩子一起學，一起關心學校、社區的活動，甚至選一些語言的課程學習，都是很容易做到的事，關鍵在為與不為之間，只要有心，也就有樂趣和希望。

第三個階段是巢空的時候，也就是輕鬆自由的時期。在孩子年幼階段與努力充實自我的時期之後，到了第三個階段，孩子長大離家，開始了獨立生活，許多婦女開始享受這份輕鬆自在的獨立生活。孩子離家上大學之後，並沒有想像中那麼寂寞，反而有了逍遙自在的感覺。由於在第一、二階段的努力，保持與兒女、社會的關係，又因為有較多的時間，從閱讀與思考中整理出自己的價值觀念，這個時期的婦女，應該是最踏實、最幸福的時期。

不久以前與一群好友相聚，想起當年，我們為了照顧年幼的孩子，總是把家放在優先地位，在忙碌之餘，從事一些與孩子活動有關的教育工作。在學校中擔任半天教職，或選讀自己喜愛的課程，或學畫教畫，如今都一一有了一片屬於自己的天空，享受兒女成長後的輕鬆。當年如果不曾用心，保持一份自我學習、不斷上進的心，在歲月流轉，時代不斷向前進的潮流中，也許早已迷失、徬徨，不知如何自處了。

也許每一個人的一生，都有著不同的階段，用昨天—今天—明天來劃分，正好給予自己一個明確的評估。有昨天的經驗，才能改進今天的生活。有美好的今天，明天才會活得更好。年輕時的錯誤，在於對現實不滿，年老後的失望，又來自太多對過去的緬懷。人，如果能夠平衡自己、妥善利用時間，用昨天的經驗來改善今天的生活，明天自然會更好。

我的觀察也只是屬於「昨天的經驗之談」，但是若能用「昨天」的經驗，來使「今天」成長，明天肯定會更美的。人生只能走一趟，幸好，人類有許多分享的情懷，對於年輕的婦女朋友，我的分享，也正是我滿心的關愛。

願我們大家好好把握今天，讓明天更好。

疚由何來？

最近參加了一個家庭教育討論會，參加者皆為學前教育的有關人員，也有許多家庭主婦及托兒所的負責人。我為了想較深入瞭解一下在幼教方面的行政及教育實施，因此也參予了這一個討論會。

學前教育是非常重要的，如果對幼兒的心理狀況及肢體反應、行為模式能瞭解，在孩子的身心發展上能給予合理的輔導，對於一個健全人格的發展，就有了良好的開始。

這是一個相當成功的討論會，大家關心、注重的，全是孩子的健康與發展，希望能使他們的童年正常快樂。通常有年幼孩子的母親，都希望自己能照顧自己的孩子，有時為了增加收入，也幫人照顧幼兒，根據政府規定，這種在家做保姆的幼教人員，也必須受訓並領執照，以不超過照顧五個孩子為限，比起職業化的托兒所，這種保姆媽媽更富有親切愛心，她們努力做筆記、專心學習，那麼專注、虛心，實在令人感動。

但是在做自我評估時，每位婦女皆坦白承認，自己總有歉疚感，因為沒有把家保持乾淨，沒有在丈夫回家前把晚飯做好，沒有做更多的家事……

女人，真的是最會替人設想、最會自責的人，在盡心盡力養兒育女的同時，還把家中大小瑣事一手包辦，然後愧疚的說，沒做好家事，沒有絲毫成就。

也許就是太會為人著想，太苛求自己，所以產生對自己不滿或愧疚之心，也因此一直在為別人的肯定、讚賞而活，以至於使自己的喜好、感受隱形壓制，而終於麻木或冷感，對任何事提不起興趣，也不再關心。

太多的自責與壓抑，其實並不是健康正常的表現，因為這份自責不滿，會使自己膽怯，失去信心，凡事猶豫不決，有時更難把心中的感受直接表達。心事掩遮隱瞞，一家人如何能坦然相處？

消除愧疚感的方法是，直接坦承自己的處境或感受。

「對不起，今天太忙，把晚飯拖延了。」

「今天孩子太吵，不能照預定完成工作。」

「我的看法和你不同，但是我們可以討論一下。」

把心中的愧疚感除去，才能保持平常心。

能有平常心，對人對事才不會偏激、酸腐。

雖然是為幼兒教育所開的會，做父母的心理健康也很重要。不然，儘管熟記兒童心理反應、行為模式，以及每個不同年齡的生理特徵、心理現象。如果做父母的沒有平衡的情緒，再高的學位，再多的知識，也無濟於事。

在教養兒女的同時，一份自我的肯定與尊重，一份平衡、愉悅的心情，也是非常重要的。

孩子的心事

你可能有萬貫家產，
你也可能有金銀珠寶，
可是你沒有我值得驕傲，
因為我的媽媽，
常常跟我唸故事，講笑話。

——錄自《美國人最愛讀的詩選》
(From *Best Loved Poems of American People*)

這是一首歌誦「琅琅上口」的小詩，描寫父母為孩子讀書、講故事的快樂，那種快樂，即使萬貫家產、金銀財寶也抵不上。

當電視越來越普及，現代人的生活越來越忙碌的時候，這首詩也將帶來更多的共鳴。

有哪一個孩子不愛聽故事呢？

但是，是不是每一個孩子都能享受到被父母摟在身邊，聆聽故事的快樂？尤其在大家都忙著生活的現代社會並不容易。

語言，是父母和兒女間情感的橋樑，它使孩子海闊天空的遨遊、幻想，它也使孩子的情緒和困擾，得到安撫和宣洩。

我記得在一本書上讀到過一則真實故事。

「有一名在小學執教的老師，談起她班上的一個一年級女生佩絲。這個小女孩一點也不想學讀書認字，老師教她，她也毫無反應，一直到後來，老師發現一個祕密——小佩絲告訴老師，她其實早就會讀故事，也認得許多字，但是因為她是四個孩子中的老大，她怕如果讓媽媽知道了她會認字，媽媽就再也不會每晚臨睡前唸故事給她聽，反而要她唸給弟弟妹妹們聽，或自己看童話書了。」

「為了想和媽媽親近，我只好繼續假裝不會讀書認字。」佩絲說。

幸好，做母親的，再三肯定要一直在睡前唸故事給她聽，才使佩絲的閱讀能力展露出來，她當然也成了班上的閱讀高手，語言的天分也超越同年齡的孩子。

唸故事給孩子聽，不僅啟發孩子的興趣，幫助他們情緒和想像力的發展，並且也增進了語言的能力。要知道孩子十一歲以前，在語言的能力發展上，就像海綿一樣吸收著一切聽來的語言，並模仿著一切學來的字彙。如果他們吸收的對象，只限於電視或同伴，他們的發展自然受限。這些電視語言，大多是俚語或普通街頭巷尾的俗語，和兒童文學上的用字遣詞大不相同，在字彙的收集上，在個人表達能力的發展上，唸書給孩子聽，大有幫助。

根據兒童身心的發展——他們需要關懷和被愛，他們這種需求都是先從自身的需要，再慢慢擴及人際和社會。所以他們成長的方向大都和童年的生活經驗相關。名教育學家卡爾羅傑(C. Rogers)曾說過：「孩子們的好奇心、想像力及他們急欲求知、求解的心是熱切的，不幸的是學校教育有時會抹殺了他們內在的熱切期望。」也因此經由一個愉快的經驗，譬如閱讀兒童文學作品，會給孩子一個伸舒心中疑惑，找尋問題解答，甚至海闊天空自由想像的機會。

也許每個父母都有這樣的經驗，常常看到自己的孩子，手捧圖畫書，廢寢忘食、把自己完全投入書中，明理的父母，也許會想，他那麼愛書，就為他選幾本好書吧！偶爾也隨著孩子一起讀讀說說，兩代之間有了共同的快樂，也建立了共同閱讀的習慣。但是有些父母可不是。尤其到了升學的年齡，總以為看閒書沒好處（功利的思想），從書中又學不到什麼，於是禁止孩子看課本以外的東西。

許多父母常常說和孩子越來越沒有話說，不知孩子們到底在想什麼。尤其到了青少年時期，兩代之間的溝通完全斷絕。這是難免的現象，孩子的生活中，讀的，想的，甚至聽的，看的，父母如果全然不知，如何能引起相互交談的動機？孩子看的書，聽的音樂，交的朋友……盤據了他們的心，要瞭解孩子的心事，當然要從和孩子談心開始，如果從小習慣和孩子讀故事書，談談彼此的讀後感，從小聽聽孩子心中的感受，長大以後，自然也習慣了這種彼此的分享和溝通，從這種分享和溝通中，自然建立了穩固的心橋。

陪孩子唸故事書，和孩子共享閱讀的樂趣，是一份美好而難忘的記憶，也是促成兩代之間親情的動力，在越來越忙的現代生活中，在孩子們被催促著長大獨立的世界裡，我想，每個孩子心中都有一個願望，希望每晚都能被爸爸或媽媽摟在懷中聽故事。不過幾年時間，他們就長大了，他們的世界，由自我、家庭，而擴展至學校、社會，有時，轉眼之間，父母完全不瞭解，不認識自己的孩子，不知他們心中想些什麼？如果從小和孩子接近，孩子的心事自然可以和父母分享。在價值觀念和思想、行為等的發展上，兩代之間也就有了許多共通和交換的訊息。

這也是我一直感到值得去保留的家庭傳統。

家庭主「夫」

從紐奧良回北卡的途中，認識了凱撒琳，她嬌小、靈活，一雙明亮的眼睛，充滿活力。由於飛機誤點，她焦急萬分，不斷的指責航空公司效率太差——

「我今天若回不了家，我要告航空公司影響我的家庭生活。」

原來凱撒琳是大學教授，有三個年齡在三歲、五歲到八歲的女兒，她出來開會，都是來去匆匆，把時間分秒必爭的安排妥當。

「今天是我女兒生日，我答應了要趕在她上床前回到家的。」她把手中提著的禮物給我看，「我若回不去，她會好失望。」

「現在誰陪著她們？」我看著開始暗淡的天色，也替她擔心孩子沒人照顧。

「我丈夫。」凱撒琳得意的說：「我運氣不錯，丈夫是喜歡家居的人，他全職照顧孩子，我全職教書研究，我們配合得很好。」

凱撒琳很健談，由於等飛機的時間太無聊，而她又不是一個閒得住的人，因此滔滔不絕的說著她的事。

「如果不是我丈夫幫忙照顧孩子，我大概也被困在家裡了。」

「被困家裡？」我故意問她，「妳不喜歡在家嗎？」

「一點也不！」她坦率承認。「我一到實驗室就精神百倍，但是，家事，我一點也不喜歡。」

「妳丈夫呢？」我忍不住好奇的問。

「他和我相反，」凱撒琳說：「我們在研究所時就是同學，他研究也做得不錯，但是不那麼潛心，他是屬於多面發展的人，常常對我說，社會對男人的壓力其實也很大，從小就要立志做大事，成大業。從高中、大學，一路被期待著成一位專業人才，想發展其他的興趣，簡直不可能。」凱撒琳笑起來：「這樣的安排最好，他照顧孩子，我全職工作。這幾年來，他學會了油畫，會彈吉他，現在孩子上學後，只有三歲的女兒還要花些時間，但是放學後，接接送送，也挺忙。」

我開始沉思，多麼好的配合，男女兩性能到如此和諧的地步，婚姻的關係不僅能協調，孩子也比較幸福吧！至少不必因為媽媽不肯待在家裡，而爸爸又非得上班不可的僵硬型式，弄得家庭不快樂。

「今年夏天我們要去加州，因為是交換教學，我們全家在加州一年。保羅已買好了露營的用具，我們要好好利用這一年，他要寫生，回來後也許可以開畫展呢！」凱撒琳越說越得意，早已忘記了飛機誤點，女兒生日要趕回家的事。

人確實有所不同，有人必須用外在的刺激，來產生工作的動力，有人卻能由內在的創作，來製造快樂。像凱撒琳對工作的熱中、對開會與人討論，爭取研究費，興致勃勃。這當然是外向的個性加上環境使然。如果她丈夫不瞭解，不幫助她，或者兩人之間沒有溝通配合，大概世界上又多了兩個不快樂的人。

越來越多的婦女參加了工作的行列，也有不少男人更積極的分擔了家庭工作。家，是兩人的，同心協力去經營，這種獲得比賺取較多的金錢意義更大。也許，成功的定義不應該用太多外在的耀眼頭銜來決定，而是以每個人身心的平衡發展、人際關係與家庭和睦為前提，這樣也許會減少一些因壓力過大而造成的心臟病或精神失調的人。

社會在不斷的進步中，過去的「男主外女主內」的僵硬關係，已較從前富有彈性，夫妻兩人能相輔相成，互相配合，除了夫妻的情愛外，也加深了彼此互相鼓勵提昇的知己感，有什麼好爭強奪勝斤斤計較呢？所謂「女強人」或「大男人」都是極端的自我表現，或是社會用一副有色眼鏡來評估一切與傳統不符的偏見。做為現代人，一個開闊的心胸與包容異見的氣度是必須的條件，用一份平常心面對生活，人生將有更多的獲得。主夫也好，主婦也好，都是社會進步帶給人類的福利，何必用一定的框框限制自己的眼光呢？

青少年的性教育

父母的態度是孩子行為的模式，父母的觀念也常常灌輸給孩子，而成為孩子成長後的準繩。傳統中我們對性的壓抑及隱瞞，使一切屬於切身的問題、健康常識也忽略過去。

譬如：學校課程有關生理、生殖的常識，常在教師不正確的觀念下，一筆帶過。直至今日，仍然有許多不正確、甚至可笑的性知識。最常看到或聽到的就是性愚昧與性迷信。

性愚昧

性愚昧當然因無知而來，由於對性知識的缺乏，不少二十世紀的現代人仍相信許多謬論。我們在通俗小說《紅樓夢》中，看到薛藹如月經初來，以為大病纏身。

在現代社會中，少女在月經初潮時同樣驚慌失措，不知怎麼一回事。也有人對兩性關係的無知，以為親吻就會懷孕；即使在開放前進的美國社會，還聽到有中國家長不准女兒到游泳池的禁忌，因為惟恐男女同游，有男性遺留下的精蟲，會使女兒不幸懷孕。

性傳說（或神話）

由於對性的無知，傳說中的性和女人都是不潔的、有罪的。直至今日，婦女月經來潮時，仍然不得進入廟宇，以免冒犯神明。男人更不能從女人晾曬的衣物下走過、會觸霉頭。諸如此類的迷信，皆由於對兩性關係模糊不清所引起。

由於對兩性關係的壓抑，造成了社會上許多道貌岸然的假道學。嘴上不說，因為說了就與「黃色」、「邪門」等扯上關係，但是暗地卻偷偷摸摸地做。

對性的研究，尤其是從童年開始的性教育，都是有必要而且不容忽視的。我並不主張公開暴露的性開放，卻贊成由父母指導的正當的性知識，這樣至少可以避免孩子長大後的愚昧無知，而造成許多笑話和困惑。

健康教育的開始

和孩子們談兩性關係，是相當難以啟口的話題，但是若是用健康教育為題，從孩子小時，就經常討論、灌輸，長大後就不會有尷尬、不自然的現象發生。

其實，性教育是一門健康教育。因為生理的發育、生殖的能力、兩性的關係、生兒育女傳宗接代，無一不與本身的健康有關。我們若明白此理，在處理問題上就會較為坦然自在。

首先我們要了解，人在早年就對性產生好奇。心理學家曾把兩歲至六歲的兒童，分成三期：

一、口腔期：

吃了睡，睡了吃。

喜歡把東西放入口中。

人際關係來自口腔，用口腔與外界溝通，例如：哭、笑等情緒傳遞。

二、肛門期：

訓練大小便期。

該讓孩子滿足成就感，譬如：鼓勵他自己上廁所，在完成自我控制大小便，而不尿溼褲子時，父母的讚美是他們最大的滿足。

三、性器官時期：

這時期的孩子好奇、好問，對自己的身體產生興趣，尤其是性器官，有些孩子也愛玩自己的性器官。父母不妨告訴他（她）因性器官不同，而有男女之別，長大後會有更多不同。

所以在學前的孩子，對自己的身體已經開始注意，父母若能及時了解他們的生理現象，就可開始教導他們有關健康的常識。等他們入學後，與其他同學相處，也不會受同儕的影響，或得到不正確的常識而受影響。

由於父母一向有與兒女討論健康問題的習慣，兒女有疑問時，自然會先向父母請教，也不會彷徨失措。

到了青少年前期，孩子的生理逐漸有了變化，心理方面也有所不同，這是由於體內的荷爾蒙發生作用（春情期）。每個孩子發育的狀況不同，但通常十歲左右是青少年的前奏。

生理上，開始有顯著的變化：

一、男孩的特徵——變音，身高加速成長，毛髮長出，對異性愛慕，生殖器官發育，兩性區別顯著，如：喉結、鬍子。

二、女孩子的特徵——胸部變化，月經來潮，長高，毛髮增長，多愁善感，常受生理變化影響。

在心理上也有的明顯特徵：

一、反叛——不再依賴父母，開始有自我意識，喜歡把父母列為假想敵人。父母要有心理準備。

二、獨立——喜歡自作主張。父母可以開始訓練他們自治作主，偶爾給他們獨當一面的表現機會。

三、春情——對異性產生愛慕，約會的興致濃厚。

四、交友——喜歡與人認同，受同儕影響。

五、自我肯定——有追求理想或好高騖遠的志向。

在這個時期，父母可以開始把將要發生的生理變化告訴（她）們，藉由這種健康知識的傳授，兩代之間的關係往往更密切。通常一個家庭中，由母親告訴女兒，由父親指導兒子，然後再視實際情況及需要，並非有固定的模式。

現在開始，永遠不會太遲

不論你的孩子年紀大小，永遠不會太遲。如果以前從未討論過，現在正是開始討論健康教育的時候。如果做父母還是難以啟口，下面幾種方式或許有所幫助：

一、試著這樣說：「我知道我們從來沒談過這個問題，可能因為我們都不好意思開口，我一直在等你來問我，現在就談談吧。我要確定你懂，因為有許多問題都很重要。」

二、或者以孩子的年齡開始，如果年幼，你可用年幼的口吻：「我知道那是很不好意思的，你會說『羞羞臉』，但是……」如果孩子大些，做父母的可用較正式的口吻：「有些事實，我希望你懂，我也想了解你知道多少。」

如果孩子能接受，當然可以繼續討論，若孩子感到不自在，或心理準備不夠，就慢慢嘗試，不必操之過急而一定要一次說明白不可。

另外也可由健康生理構造開始——譬如找本有關生理結構的書，一起研究討論。或由動物的繁殖開始，談到嬰兒的由來。

也可由個案的討論互相研究，聽取孩子的意見，也藉此明白他們了解的程度。譬如：由避孕、墮胎、性病等問題，可以反映出孩子心中的想法和看法。經由彼此的溝通，而使兩代之間的見解互相激勵；在討論過程中，千萬不要因兒女意見與自己相左或觀念不同，而有情緒激昂或責罵的現象發生。

了解健康的重要性

性教育的灌輸可以避免孩子成長後的性愚昧與苦悶，甚至可以保持他們的健康。

根據世界衛生組織(World Health Organization)的報告指出，在一九九一年愛滋病(AIDS)的患者會增至三千萬。這種至今尚無藥方的絕症，即與性行為有關，只要與帶病者有肉體接觸，不論是否同性，都會感染。

報導上說一名結婚二十五年的婦女，得了愛滋病。她除自己丈夫外，從未與任何人發生關係，卻染上此病。後來發現原來丈夫行為不軌，與帶原者有肉體接觸。

在今日開放的社會，愛滋病的蔓延更是可怕，世界衛生組織宣布，美國及非洲為甚，亞洲地區也要特別注意。

父母正好經由此情況，向兒女說明，也問問他們瞭解多少有關此病的現象，能知道更多性知識，也會更了解健康的重要。

青少年時期血氣方剛，應用理性的教育方向，給予他們保護自己的能力，而不是用掩飾、隱瞞、搪塞等方法，使他們對性知識摸索不清。

我曾聽到一位朋友告訴我，他們結婚半年後，對婚姻生活仍然不甚瞭解，兩人最後去找醫生，經過醫生檢查結果，兩人身體正常，只是她仍是處女。

因為沒有正確的性知識，所以不敢「輕舉妄動」。這情形相信曾發生在不少人身上。也有婦產科醫生告訴我，有婦女不孕，找他治療，結果發現尿道與陰道相混。連自己的生理現象、身體構造都不懂，如何生兒育女？

掌握最佳的教育機會

這一代正處在新舊交接中，我們的父母難以啟齒，是否我們也一路因循苟且下去？即使我們有這方面的常識，是否足夠應付孩子的問題？是否可以給孩子正確的指正？也許此正其時，身為父母的也正好自我教育。

父母可以從請教醫生有關生理方面深入淺出的書籍，對自己身體有一個認識。這也是現代人必備的常識。

選定了書，夫妻之間互相討論，也可以和兒女一起閱讀。若實在難以向兒女啟齒，把自己認為合適的書放在兒女的床頭，給他們閱讀。在他們讀完後，問問他們的意見，那麼討論起來也就自然多了。

美國的大眾傳播，如教育電視臺等常有生產、避孕、生命的奧妙等影片介紹，並作專題討論，全家可一起觀賞，再做討論。開始時也許不好意思（大多是父母比較不自在），習慣之後，就是最好的教育機會。

我比較喜歡經由個案或專題影片的報導，與孩子討論有關性教育的常識。記得我的大兒子上高中時參加辯論比賽，題目是「墮胎是否該合法化」，他與我討論了許多有關墮胎的問題，對於比他小五歲的弟弟也是一個機會教育。

不久前，此地教育臺播放一系列「人類生理」，也涉及青少年的性教育，相當深入，孩子看後，各自發表意見。對於念大學的老大，我們相信他有足夠的知識保護自己，對於才上高中的老二，也是很好的性教育。

我們最常向孩子說的一句話是：「身體是你自己的，要知道愛惜。性教育的知識也是重視你健康的根本。」

我一向主張明理、坦誠的教育方式，要有健全、開朗的下一代，父母的態度和教育方式扮演了極重要的角色；不要怪罪環境的限制，不妨從自己的家庭教育開始。

畢竟孩子只有一個童年，他們的一生快樂與否、明理或糊塗，完全在於父母的教育。

年輕的心情

好像又回到了學生時代。

球鞋、布衣、牛仔褲、自在而舒服。

做學生時，也沒有這麼瀟洒過。

由於生長的環境，教會我們一種井然有序的規範，一切要整齊、規律，而今在整齊規律之外，還發現了許多生活空間，拓展了心靈的視野，這份突破，彷彿又拾回了逝去的歲月，心情上，輕鬆自在，雖然歲月早已把我們推離了學生的年齡，感覺上卻踏實愉快。

選擇溫士頓做為研究基地，是因為丈夫拿到了一筆研究經費，從事動脈與心臟病有關的研究，這一年，就過起了一簞食，一瓢飲，化繁為簡的生活。

記得七年前去英國，也是教書生涯中的輪休，孩子倆，一個九年級，一個四年級，去前竭力反對，因為不捨得離開美國的朋友。從英國回來後，又是日夜想念，要再回英國念書。十幾歲的孩子，真是心事誰人知，有時候牽牽扯扯，加一點點父母的「意」和「愛」，一些勉強，一些鼓勵，最後都是皆大歡喜。

這次來溫士頓，沒人反對，轉眼間，孩子都大了，飛出了老窩，爸爸到那兒休假研究，好像與己無關。更何況只有兩小時車程，連家也不用搬，一年時光，轉眼即逝，更沒有一點離情別緒。倒是朋友們盛情，藉機歡聚相送，頗有些去千山萬水相見不易之憾。

夏天裡，工作告一段落，收拾行裝，搬來了溫士頓，結束了兩地夫妻的生活，小小的公寓，不需費時整理，簡單的家具，也無需抹灰擦拭，空大的衣櫥，簡單的衣物，沒有搭配選樣的麻煩，每天布衣球鞋，省下了堆積的空間，還多了讀書寫作的閒情。原來，生活可以這麼單純，這麼悠閒，我們卻一頭栽到忙碌裡，不知回頭。當然，忙碌是自己的選擇，有時，忙碌之後，才更能珍惜體會那自由閒散的快樂。

就像此時，布衣、球鞋，迎著晨曦，步行在校園，連車子也不必搬動，省了汽油，又鍛鍊了身體。看書、寫作、逛街、訪友，若是不曾忙碌，就無法體會這種快樂。在美國這些年，忙孩子，忙家務，為學業也為工作，沒享受校園生活，剛來時，孩子太小，全心支持丈夫求學，等丈夫畢業，自己做研究生時，孩子又正在學齡，每天練球、學琴，各種活動排滿，還得在忙於寫報告忙考試之餘，與丈夫兩人安排時間接送，校園生活是什麼景色，有時連春來秋去也不曾知曉。如今，轉眼間，孩子全飛走了，朋友很同情的慰問：

「唉呀，只剩你們兩老了？很寂寞吧？」

「我也曾經以為會如此，可是不瞞您說，我們真是愛極了這份自由自在。」

朋友以為我在說笑話，或者是太無情。她是一位全心全意奉獻給家的賢妻良母，自然不能明白我這種論調。然則，我也曾經全心的奉獻！當孩子幼小時，當家庭需要全心投入時，我們不都是無怨無悔的把家放在第一位？現在正是「我們享福的時候了。」我感到心安理得，毫無愧疚。要忙要閒，全由自己決定，有了選擇。

走在校園裡，看著醫學院的學生，那一份年輕的自信和神采飛揚，讓我感到青春的可愛。不可否認的，那樣的歲月已經離我們很遠了，我們把青春留在臺北、留在臺灣的校園，留在為學業、為家、為孩子全心投入的留學日子裡。

丈夫喜歡跟人說：「我們才二十多歲，所以和孩子們沒有代溝，我們是一起在美國成長的。」

若是以來美的日子計算，對這個國家的認識和瞭解，我們才來二十多年，正是青春的年齡。初來時的衝擊與不慣，慢慢化解成瞭解與包容。少年時的衝動與青澀，到了此時，已逐漸提煉出自己的看法與見解，沒有初來時的衝動，卻也不再極端偏激和自限。我們在歲月中，凝聚了生活的智慧，有了瞭解與寬容。

自由自在是快樂的翅膀，不刻意去追求什麼，反而感到擁有的富足。想聽課時，去聽聽現代新知，想活動時去跳跳有氧運動，想安靜時，靜靜地看書聽音樂。想念朋友時，就回洛麗城與老友們唱歌跳舞。有年輕人主持的活動，樂見其成，全力支持，……世界越來越寬廣，真正的幸福是，我們有了選擇，給予自己迴轉伸縮的空間。

曾經失去的，何必計較？人生的行囊中，本來就是有得有失的，有些東西，會隨著歲月流逝，譬如容貌。有些卻是時光帶不走的，譬如心情。那麼就讓我們永保這份年輕的心吧！

輯四　與你同在

萬里無雲萬里天

前些日子拜讀琦君女士在「世副」上的一篇文章——〈一把椅子〉，心中感受很深。

琦君女士文中述及，因年前不慎傷腿，必須不時到中國城求醫，有一次看完醫生後，等候丈夫驅車來接時，站在店家門口等車，旁邊有一把椅子，向店主求借不允，腿傷又疼，心中甚是氣惱；椅子明明空著，借來坐一下何妨？一路氣惱中，回家後想到讀過的詩句：「千江有水千江月，萬里無雲萬里天。」心中之氣漸平，雖然椅子沒借到的事實仍在，但是她已不氣惱，因為不氣，心情自然也開朗了。

只有琦君女士的佛心赤子情懷，才能化解暴戾偏激之氣憤。本來一把椅子，主人有借與不借的自由，然而，不能釋懷的是，何以有人會小器到連借一把椅子也不肯，更遑論其他？在中國城，大多數都是炎黃子孫，同是炎黃子孫，即使也有膚色不同，文化有別之異族，基於一份共同生活於地球上「人」的情誼，這份守望相助、助人為快樂之本的道理，不是人人都能朗朗上口，耳熟能詳嗎？難道我們是只會說不會做的民族？

生活在國外多年，每個人多多少少受過陌生人的幫助，他們非親非故，而且素昧平生，然而每思及受到的援手，絲絲溫暖從心裡流露，讓我們也想把這份人與人間相互伸出的援手，串成潺潺流傳不息的人間暖流，與人分享。

永遠不會忘記那冬日的早晨，停下來幫你推動陷在雪地裡的車輪，車身起動後，揚起的雪泥濺得他滿身滿臉，他拍拍泥水，哈哈一笑，「沒關係，這是我的週末裝，很特別。」揮揮手，揚長而去。

永遠不會忘記那高速公路上車胎爆破的驚險，人生地不熟中，竟有那麼多熱心的車輛，自動停下來，在烈日下，幫你換胎，為你打氣，滿心感謝中，無以為報，請求留下地址，以便日後寫信致謝，他們都無事人般：「小事一件，不必言謝。」讓你心中每思及此，都有暖暖情愫湧起。

沒有太多教條、口號，多半的時候，他們已標榜「唯我獨尊」、「自我中心」的價值觀念，然而，基於一份人的關懷與尊重，我們在異鄉求學、奮鬥的歲月中，確實受到許多外人的援手相助。

然而，然而……

我們自己的同胞，反而有許多令人不解的冷漠。

前些日子，提起了華人之間的問題，新來乍到的人少不了要已經有基礎的人提攜協助。

「他們那些中國來的……」言下有不肖，臉上有卑視，讓許多教會、慈善機構深感不解。

「你難道不是從中國來？」有人問。

「哦，我們不同。」理直氣壯，外人卻不懂。

面孔的事實嗎？

我們不同嗎？不同的是來時的先後時間，我們能抹去那同文同種、同樣面孔的事實嗎？

當我們在這一個國土，反對種族歧視、爭取自由平等的權利之時，又不免故步自封、劃地為牢，分鄉親、宗親、省籍界限，清楚的算計著我們給予與收人的情感等級，不能用一種平常心，公允坦然的對人對事，如何能輕鬆自在的立足於今日的大千世界？

琦君女士是我的良師益友，她的為人胸襟，都是我要學習的楷模，尤其是「千江有水千江月，萬里無雲萬里天」的境界，確實讓我欣賞，並且多次與她在電話中朗誦回味無窮。然而，我的毛躁脾氣，讓我無法進入無雲的境界，如果有雲，必須先撥雲見日，否則如何能萬里晴天呢？

我們自己的問題，還得我們去面對。

某些心態，某些情結，像晴空中的烏雲，總得先撥開，然後才見得著麗日。讓我們一起，心平氣和，共創一個無雲的晴空。

行到水窮處，坐看雲起時

現代人，尤其是處在新舊交接，中西夾縫中的人，常常有些疑惑，明明事情應該往這個方向走，可是事與願違，卻恰得其反。

一位辛苦工作的朋友，每天帶著公事回家處理，可是公司裁員，他首當其衝。

一位侍奉公婆，教養兒女，無怨無尤的賢妻良母，在結婚十數年後，丈夫突然告訴她，想要分手。

有人一心為人設想，犧牲自我，結果是朋友怪他給得不夠，應該更多。

失望痛心難免，心灰意懶更是常事，受此打擊之後，有人自省檢討，從內心思考得到解答，有人憤怒失望之餘，乾脆改頭換面，做個不聞不問、冷漠無情的人。

在我們成長的環境中，「犧牲小我，成全大我」的觀念，有如空氣與陽光，時時包圍著我們，理所當然的，為人設想，善體人意，犧牲自己……幾乎如影隨形，無時或忘。尤其是有教養、有品德的人，更時時修煉自己達到這種完美的地步。彷彿那自苦的後面，有一份痛楚的甜蜜，犧牲之後，又向那完美至善的人格接近了一步。

然而，人畢竟是人，有其軟弱無助的一面，期待如神般完美無疵，是一條艱辛的路程，明顯的劃出了理想與現實的分界。無法突破自己的極限，容易使人跌入一條越鑽越尖的牛角裡，不是怨天尤人，就是憤世嫉俗，把一份做人的輕鬆自在，生活的樂趣，完全拋諸腦後。

因為現實根本不是想像中的理想王國。

把工作帶回家的朋友，也許他的這份努力，傷害了同行。他極端的求表現，無形中造成了別人的威脅，而他只有工作，只想公事的專注思維，似乎也限制了與人相處交談的話題。畢竟，世界是寬廣的，生活應該多面。

專心侍候公婆，為兒女吃苦犧牲自己的婦女，在全心的奉獻中，忘記了自己，沒有給自己空間學習成長，沒有在全心的給予中，從生活裡得到樂趣，也許她不覺得，但是自苦的結果，笑容不再綻現的面孔，難免使周遭關係密切的人逐漸疏遠，甚至分離。

現實是如此赤裸的展現眼前，當你付出，繼而犧牲之後，得到的竟是要求更多，甚至是相反的表現，不免疑問，這不公平啊！辛苦付出，怎麼是這樣的結果？

原來，人是有所期待的，若不是出於自然真實的內在意願，失望和憤怒以及不平之氣就時時難免從心底竄出。

然而，沒有人勉強你付出這麼多，也沒有人要求你拋棄自我，在人人講求為自己找快樂，先愛自己再愛別人的時候，你怎麼可以如此無私無我的捨棄做人的快樂？也許做人容易做神難，要做到如神般的奉獻無私並不容易，做一個實實在在能面對自己，有空間給自己改進的人比較快樂。

越來越喜歡平常心，持平公允的心理，也許正是我們面對紛擾的世事，新舊的衝擊所應有的態度。萬物靜觀皆自得，不必強求，卻也不用退縮，生活教會了我們淡然處之的胸襟，歲月也在我們的人生行囊中，加入了包容與瞭解。無所期待的心，才能輕鬆自在。

「行到水窮處，坐看雲起時。」這樣的境界，看似消極，其實寬廣，是困境還是新機，完全在乎一種心態，也正是我要學習的豁達。

能夠共榮同樂的朋友

朋友跟我說：「在現代社會，能夠共患難的朋友誠然可貴，可以共榮同樂的朋友才是難得。」他說：「真正好朋友，能在你快樂時、你成功時，為你快樂，衷心分享榮耀，這份真誠，比患難之交更難覓。」

他的話乍聽之後有些愕然，然而細細品味思考，卻覺得切實透澈，頗有見地。

從保守多難的農業社會走過來，每個人的意識中，不免有許多災難遠慮之憂。於是守望相助，同舟共濟的共識也特別強烈。「患難見真情，路遙知馬力」是人性中相互關愛的寫照，我們從小到大聽過多少為朋友赴湯蹈火的感人故事，但是很少聽到分享榮耀快樂的真實寫照。事實上，在我們的傳統中，喜不形於色，怒不宜外露的克制，自然也使這份人性中急欲流露的真情，在壓抑中內斂深藏。

「雪中送炭」往往比「錦上添花」得到更多的喝采與讚賞。能在朋友急難時，伸出援手，確實難能可貴，但是能在朋友有所成就時，分享快樂，衷心祝福又有何妨？現代社會安定富足，人人頭上一片天，各自有其值得努力，自重自豪的天地，花團錦簇，再加上衷心祝福，與有榮焉的心理，不是使快樂加倍？「獨樂樂不若與眾樂」的情懷，正是這種境界。

現在的社會，安定富足，人與人之間的交往，缺少了患難共苦的挑戰，也沒有經由路遙而測知馬力的機會，但是有共事同樂的機會。不論是患難與共，或是衷心共榮，人人需要朋友的分擔分享，在這些相互的經歷中，也才顯現各人真實的性情。

心理學家馬士羅在分析人類內心的狀況時，曾經提到不同的層次，由飽暖、安全到相助相愛，再昇華至自我肯定與完成。一般的人，大多能做到相助相愛的層次，但是到了最高層次的自我完成與肯定時，往往拘限於一己的自我，無法昇華到自我肯定之外，也能肯定欣賞別人。以前不明白，為何曾經共患難同奮鬥的夫妻，到了順境時，竟然分手？如今逐漸明白，也是那份無法突破的自我限制。在奮鬥的歲月中，兩人的目標一致，攜手共進外，一切都是次要的，自然也造成不了困擾。然而，安逸的環境中，個人的價值觀念、自我意識都一一顯現，夫妻間要比誰能幹，朋友中要論誰有辦法，自然限制了海闊天空的自如自在。有云：「高處不勝寒」，正是人性中不能共榮同樂的寫照吧！

朋友間好像時常有此情形，在沒有衝擊、沒有困難或成就的時候，一切安和順遂，但是一旦有人發財成功，不是有人疏遠，就是有人親近。疏遠者，為的是避趨炎附勢之嫌，親近者又被喻為逢迎巴結，兩者之間，缺少的正是分享同樂的平常心情。對待親人朋友的方式會因外在的因素而變遷，這種心態和聽到了朋友有災難時，避之唯恐不及有何分別呢？

我們幾位文友間，誰出了新書，誰寫了好文章，總要彼此打氣鼓舞一番，分享著努力筆耕的收穫，這之中，最能表現這種共榮同樂的好友就是琦君女士，我每出一本新書，她必定分神費心與我在電話中討論：從書名、排版，我們彼此都能真正分享到這份快樂。我所有的剪報收集成書，幾乎都有她為我剪下寄來的筆跡，這之中代表了多少的友愛與關注。最近她由九歌出版的「佛心、母心」，真正是她為人處世的寫照，我在分享她出書快樂之餘，確實由衷感激這珍貴的友情，也在此分享給所有的朋友，希望我們都能達到這份境界胸懷。

這是一個人人有獎的世界，而不是你爭我奪、你勝我敗的戰場。人因為分享而加倍快樂，能夠共榮同樂，這世界才值得我們一起生活，共同創造。

浪花

母親從小教我們：「不道人之短，不說己之長。」生活在當時街坊鄰居，人多口雜，家中員工幫傭背景複雜的環境中，母親的親切和善，始終受人喜愛，深得人緣。她所受教育並不高，也不特別強調什麼風度教養，只是這種傳統中的良好品德，使她在言行中自然流露，也確實省去了許多人間的紛擾。

處在現在多元化的社會，人與人之間的互動性增大，言論自由更是人人應有的權利，有什麼不能說的話？率性而行，不受拘束，是社會自由開放的象徵，也是一種進步。然而，自由是基於人與人之間相互的尊重上，不是為所欲為，可以任意侵犯別人。

禍從口出，是前人從生活中悟出的經驗。有時為了逞一時之快，把別人的私事在茶餘酒後當話柄，說者滔滔不絕，聽者津津有味。最不堪的是本為好友間的私話，一旦反目成仇，卻變成了攻擊對方的利刃。加油添醋之餘，也許還帶著幸災樂禍的心理，因此好話成了惡語，傳來傳去之後，生活中除了是非瑣事，別無可說，寬廣的世界，一下子只縮小到別人的是非。

然而，從談話中，我們也可看出一些人的心態，整天說長道短的人，除了這些心靈的污染，可曾思及其他？心中有怨，自然口出怨言，語中帶刺，否則何致人人皆有過失？大家全虧欠他？但是人非聖賢，如果一心要想別人的污點短處，當然不難，然而世界如此寬廣，拋開污點短處，每個人不也都有其可愛可取之長處？

人到了成熟的年齡，也有自己的原則和判斷，人的個性品格，自然也有其觀察所得的印象，實在不必像小學生一般：「我跟你說一個祕密，可是你不要告訴別人哦！」

喜歡把別人祕密或隱私，像發現新大陸一般急於向人傳播的衝動，可能也是人性中的原始性之一。心理學上的所謂「口腔期」，像嬰兒一般，為了要滿足口腔的需求，有時要用奶嘴吮吸來滿足。沒有脫離這種嬰兒時期的心態，自然也是心智上停留於幼兒期的表現吧！

生活於小城不免有閒言閒語的污染，更難免令人感到心靈垃圾堆積如山的無奈。我深愛藍天白雲，幸運的北卡人向以此自豪——「上帝若不是出生於北卡州，為何北卡州的天空總是蔚藍晴朗？」

北卡州東有大西洋，海濱如帶，西有大煙山，高低有致，生活若是太悶，圈子太狹，何妨上山下海，或參與公眾活動。可千萬別用垃圾去污染了我們的心靈，遮住了我們欣賞藍天白雲的視野。

想起了一位愛海的朋友所說的話：

海洋沉默，因為它能包容，

淺灘引人，因為它隨風起浪，
喜歡與風作浪的人，只愛浪花的泡沫，
卻欣賞不到海水深沉的包容。
畢竟，浪花只是短暫，海水才是永恆。

竹籃子的故事

夏天與妹妹重遊桂林，再度欣賞到漓江的山青水秀，在沿途擺滿紀念品的攤販中，我看上了一對竹籃，大小兩隻編織細緻的竹籃中，一面是桂林山水，一面是遊漓江紀念，全是由竹片編出，用紅黑色彩設計而成。這份人工的細巧，頗使我回憶起童年在鄉下，看著鄉人手編用具時的專注與興趣，在愛不釋手之餘，我用相等於十元美金的外匯券，買下了這大小兩隻有如母女的竹籃，把小籃放在大籃中，就這麼一路提了回美國。

用竹籃子當手提包，是上中學時的「時髦」玩意兒，提著上街、看電影，有時放兩本書或筆記本，到同學家做功課，都有一點突破制服與書包那種單調色彩的快樂。如今用著，朋友看到了，讚美之餘，不免又談古說今，想到當年提竹籃子的少年回憶。

大籃子用得正滿意，有一天在放皮包的櫃子裡，看到了小籃子孤伶伶的躺在那裡，忍不住也提出來用用，但是卻發現櫃子中滿是細細的粉末，以為自己看不到櫃子上的塵埃，趕忙擦拭一番，再把小籃子裝入大籃中，讓它們母女兩籃重聚相逢。

數週之後，想起了久未使用的竹籃，又該輪到它上場了，伸手一拿，當頭灑下一片粉末，搬了椅子往上一看，不得了，全是黃粉，不知就裡，只好把所有皮包搬出，心中不斷發誓，下次上街絕不再買手提包，這種收集皮包的「不良嗜好」，友輩中有不少人與我有「同病相愛」之情。

丈夫看我半夜三更大清衣櫃，一問之下，走過來拎起了竹籃子：

「你的寶貝竹籃子長蟲了。」

我不敢相信自己的耳朵，只見他拿了竹籃子，一逕往陽臺處走。天黑，燈光下也看不清，他倒扣籃子，倒下了好多粉末。

「明天早上再看吧！」

第二天，朝陽初上，我已迫不及待，跑到陽臺細查。發現竹籃中，細細密密爬滿了小竹蟲，心痛之餘，用力敲打，希望把小蟲抖出。想起小時候看到鄉人在陽光下晒竹子，想必是這種道理；竹子乾透，自然百害皆除。陽光是最好的除蟲劑吧！

不捨得丟棄心愛的籃子，尤其想到一路提回來的心情，本該丟到垃圾筒的東西，又放回屋子，只希望蟲除籃在，我仍然珍惜。

不忍割捨是我個性中的弱點，我清楚的看到自己在器物的取捨、與人的交往中，皆有這種姑息的情愫。即使是長了蟲的籃子、多嘴長舌的損友，我總希望在陽光下會蟲除健壯，保持我原來鍾情喜愛的一份心懷。

幾天後，看到放著籃子的椅子上，又是黃粉滿處，打開籃子，新生的竹蟲活躍於粗細竹片之間，丈夫無奈的看著我：

「可以丟到垃圾筒了吧！」

帶著一份絕望的心情，我把竹籃子丟入了垃圾筒中。割捨是一份痛苦的抉擇，不過，若是蟲害已深，割捨也是擺脫困擾的上策。

在人與人的相處中，彷彿也得到了啟示。念舊重情的人，總是珍惜著一點情份，有些關係明明使你痛苦、煩心，但是為了珍惜，一味姑息下去，就像蟲害蛀入的竹籃，明知無望，仍然保留，直到污損了衣櫃，黃粉到處沾染。

人生沒有不勞而獲的結果，許多智慧從經歷中獲得。割捨，是金錢的損失，兩隻籃子，十元美金，換來一些領悟，心中的困擾一旦捨棄，神清氣閒，再不必牽牽扯扯，讓自己有更多的空間去擁抱這個世界，也是一得。

得失之間也看自己如何去抉擇了。

照顧

人的天性中，有喜歡照顧別人與被人照顧的傾向。照顧，以積極的意義而言，是人與人之間相互的關懷。以消極的方面來看，太多的照顧將使被照顧者失去自己可以發展的能力，有些潛能甚至因此被埋沒。

最明顯的例子是，父母對兒女的照顧，在兒女年幼時，生活上的飲食起居都被照顧得無微不至，越稱職的父母，對兒女的呵護越周到，但是在兒女年歲漸長，父母如果沒有放手讓他們學習照顧自己，很容易養成孩子的依賴性，兩隻可以發揮操作的手，變得連洗一隻杯子也不會，有時候，一個聰明的頭腦卻連做抉擇或決定時也無法運用自如，而需要父母主宰一切。

夫婦之間這種情形也不少，在男尊女卑的社會中，男人以照顧妻子為自己的天職，對妻子的照顧無微不至當然是好丈夫的典型，但是若照顧的情懷不是以成人對待成人的立足點出發，而是以一個萬能者對待一個凡事皆不懂也不會的幼童看待，有時這種照顧就變成了控制了。

在農業社會的時代，足不出戶，生活簡單，人與人之間的互動性較少，守望相助，相互依恃是親友之間生存的方式。在現代的社會中，除了這點相互關懷外，有時彼此的尊重更是重要，當你把對方看成一個完整的人格，以成熟的人對待時，這之間的平等關懷才能存在，這種相互尊重的對等關懷，才能發展成更深更廣的情誼。

最近在一個教學的研討會中，更讓我體會到過份的熱心照顧別人，其實也隱含了「比對方優越」的心理。這份優越感有時也壓制了對方發展自己能力的機會。

克力士先生是一位雙語教師，他負責指導從各國來的成人，幫助他們克服語言上的阻礙，而能早日學好語言，自力更生。這位早年服務海軍，退伍後擔任雙語教學的老師，本著他所受的軍事訓練，一切有板有眼非常紀律化，對學生雖然照顧得無微不至，教學也非常認真，可是學生卻學習動機低落，上課無精打采，毫無進步，許多人上課還打起瞌睡來。在研討會上他提出困擾，請大家幫忙解決。

我們參觀了他的教學之後，才恍然大悟。

他把學生照顧得太好，好到所有的學生有窒息感。因為他把學生全當成了小孩兒，由於語言能力表達受限，雖然是成年人，說的英語畢竟如幼童般的簡單，因此克力士老師逢人就說，這些是我的學生，我的小孩兒，他替學生安排活動、做決定、上圖書館，甚至削鉛筆。他從來不問學生的意見，也不參考他們的反應，他一手包辦的替他們做決定。「因為他們什麼也不懂。」他說：「我給他們選的都是最好的教材，我教學的內容也是最豐富的。」他面有得色：「有哪一位老師給這麼多教材？」

研討會的主席，一位從事教學工作三十年的教育家，輕輕的說：「我從來不用『教』字來取代學習，我習慣於用『學習』或『討論』來引導學生，尤其是成人，我們無法教他該如何如何，如果他自己不想學的話，誰也勉強不得。演講似的單軌教學，有如餵飯似的填鴨，很難消化的。」他的話令人深思。

照顧的心理也正是如此，一個人若老想著要教人如何，而忘了自己也許有錯，應該改進，卻一心想到自己盡心盡力，別人還不知感謝。這種不檢討不認錯的心理，久而久之，就成了不平衡的心態。

世界是朝著越多面越寬廣的潮流前進，一廂情願的自以為是或一成不變的守著既有的觀念，有時不僅使人窒息，也畫地自限。

原來道理也是人定的，取捨之間，當然不是一成不變啊！

一點溫柔

去年母親來美小住，帶她去參觀此地房地產商人合辦的「夢之屋」展覽，十幢佈置華麗如皇宮的大廈，看得我們目迷神馳，眼花撩亂。母親在看過幾棟華屋之後，對著裝潢得像愛麗絲夢遊仙境的嬰兒房說：「這樣的房子我才不要，孩子哭了也聽不見，那有父母怕孩子吵的道理。」

我懂母親的意思，她是指隔著寬闊的客廳，又加上長長的走道，主人房與幼兒房處在兩頭，如何能使睡在主臥室的父母聽到小寶寶的哭聲？

「也許就是怕孩子哭聲吵才這樣設計的。」我笑說著。

母親看看我，以為我在說笑話。

「做媽媽怕孩子吵，稱什麼母親？」

媽媽是很傳統的好母親，她也很會自省，批評了一陣之後，又很感慨的說：「你們小時候可沒這麼舒服，你和妹妹們都是共同一個房間睡的。」

我看看母親嚴肅的表情，很確定的，我告訴她：「我們比他們幸福！」

家，當然不是指一個房子而已，家的意義主要在使家中每一成員能得到充分的愛與關懷，也能使在這種愛中成長的孩子，各自成長，享有獨立人格，但是獨立成長的人格，並非就是獨自擁有一間房子才能獲得。

我們生長的年代，社會普遍清苦，民風單純，除了收音機，娛樂活動等於無。即使小康，孩子眾多的家庭，那家不是兄弟姐妹共享臥室書桌？一起讀書，一起作息的生活，是多麼美好的人間情懷，如今想起來，真要感謝我們擁有那樣的歲月與回憶。許多不是金錢與物質能獲得的價值觀念，這一代的孩子，是否能懂得？

前美國第一夫人芭芭拉布希女士，曾經在一所女子大學的畢業典禮上說了一句語重心長的話：

美國未來的希望不是在白宮，而是在你自己的家裡！

何等智慧，何等惠心，才能凝聚出這樣的雋語。

世界上多少功名富貴，若是沒有家人分享，這些外在的成就，有如塵土，又有何價值可言？

這些年來，在找尋成就，力爭上游的潮流中，已經有許多人從事業的高峰中，淡然引退。

「回家陪孩子。」

「找時間與親人相處。」

已經不是只有「婆婆媽媽」才說的感性之言。在人生戰場上，身經百戰的人，到頭來眷念的，也就是人性中那點溫柔。

世界在進步，人類的價值觀念也在改變，在進步與改變中，許多古老的東西丟棄了，認為不合時宜。也有許多時髦的玩意應運而生，因為附合了一般人的心理。但是新舊交接中，家的地位始終佔著優先，人與人相互依恃、關切的情懷，也不容否定，這正是心理學家馬士羅的理論中一再強調的人性需求。也正是這份需求，讓我們在大千世界中，努力前行想要找尋人間的一點溫柔。

附錄

簡宛與你分享做一個快樂的母親

——《世界日報》江陵燕專訪

今年的母親節已在眼前了，每到母親節，我們都更加思念母親對我們的恩惠，在這一天我們希望用禮物、卡片，或一頓美食回饗給母親快樂。這時報章雜誌上發表紀念母親的文章也處處可見，這些文章讓人讀了深受感動。在討母親歡心或是紀念母親的同時，身為母親的人也再一次思考一個問題：「我也是孩子們心中的好母親嗎？」

在美國新移民的家庭中，母親的角色無疑更為重要。東西兩種截然不同的文化，兩種各異其趣的教育方式，使新移民家庭中的母親思想上發生很大的衝擊。照中國傳統的方式教育子女？或是全盤接受西方那一套自由放任的理論？還是採取折中路線尋找一套適合我們自己原則的教育方法？教育好孩子，是母親關切的問題。而如何在今天這個時代做一個好母親呢？

為此特別就教旅美十七年、在美國學教育、大兒子剛進康乃爾大學就讀，還有一個十三歲的小兒子在身邊的簡宛女士。

> 教導孩童，使他走當行的道；就是到老他也不偏離。

北卡羅萊納州立大學教授石家興的太太簡宛，是中山文藝獎得主。她的文章在報章雜誌上經常可以看到，已出的創作集在十本以上，譯著也有好幾本。最近才出的一本譯著《為妻的心路歷程》（翻譯Mrs. Norman V. Peale的原著*The Journey of a Wife, Dr. Peale,* 以著*The Power of Positive Thinking,* 中譯《人生的光明面》而聞名。）與她的另一本即將出版的新書《他們只有一個童年》，都談到母親如何教養子女的問題。事實上，無論是經驗或是著作，都證明簡宛是個成功的母親。

《聖經・箴言》上說：「教導孩童，使他走當行的道，就是到老他也不偏離。」簡宛也相信孩子需要管教。

對標榜民主、自由的美國式教育，對不打罵孩子、給孩子發言權、討論甚至爭論自由的方式不十分贊同的簡宛說，她不是主張體罰，但是孩子錯時，打一下屁股並不為過。她認為，對於一個兩歲的孩子，讓他明白「做錯了」，爸媽生氣了，是很有用的方法。由於他們的理解力尚不健全，有時說一大堆道理，恐怕不如「打一下手心」印象深刻。

她說，她發現許多夾在兩代之間，不願用權威，又不肯用自由方式教育孩子的父母，心中有許多矛盾。因為矛盾，常會有兩種標準或失去原則的時候。

自由發展，可激勵創作力；
矯枉過正，不免流於放縱。

早期的西方傳統教育，也是主張要處罰的，但近數十年來，開明派的教育人士主張以「自由」、「民主」的方式教養孩子，本意當然是好的，因為自由發展，可以鼓勵孩子的創作力，培養自信心，但是矯枉過正的結果，有時不免流於放縱，給予無暇管子女的父母一個藉口，「讓他們自由發展吧！」她說，事實上，即使自由發展也要有人輔導及教育。

簡宛記得她在讀研究所時，討論到父母是否應該給予子女輔導或管教時，主張自由放任的人就會說，父母的參與或干涉會影響孩子的抉擇、意志，他們認為所謂「輔導」，就是用權威去左右，這種說法她簡直無法贊同。她說，她總覺得若是有一個坑，她會告訴孩子「不要」走近，由於愛他們，深怕他們掉下去。她認為，由他們自己去發現當然更好，但是為什麼要他們用「痛苦」的經驗去學得呢？

輔導不是用權威下命令，而是告訴孩子什麼可行，什麼不可行，什麼是有害，什麼是危險，是在權威中加上說理的方式。簡宛認為光是「不准爬高」的否定句子就不如「不准爬高，因為掉下來會摔斷手腳」要好。

父母盡到輔導的責任，也要尊重孩子的意願。簡宛說，不要因為太愛孩子而把他束縛了。她舉例說，有個孩子從小喜愛音樂，老師也認為他有這方面才華而鼓勵他朝這方面發展，但是做為母親的人知道音樂家要出頭不容易，而孩子的數理成績也不錯，所以母親就分析社會的現實情況給孩子聽，希望他把音樂當做一生的嗜好，而能在數理方面謀一技之長，然而，孩子不肯聽母親的話，堅持要專攻音樂。母親這時該怎麼辦？簡宛認為應該尊重孩子的意願，讓他自己多思考，弄清事實再決定。

美國孩子獨立自主，改變了她的若干觀念。

她說，過去隨丈夫在康乃爾大學定居時，看到逢年過節很多美國學生也不回家，覺得和中國「父母在不遠遊」的觀念相差太多，但是美國學生的想法最後逐漸改變了她的觀念。美國人認為他們是獨立的個體，他們的父母尊重他們的選擇，只要他們活得踏實，父母就不會牽掛。簡宛說，自從大兒子離家住校後她更能體會這種心情。她只要確定兒子在不斷的學習、有快樂就好了，「我們不能老把孩子綁在身邊，他們的世界海闊天空」，她強調，家是幫助孩子儲備智慧體能的地方，使他們將來到外面奮鬥時不會能力不足不會做抉擇。

要輔導得好，最重要的原則，簡宛認為是——溝通。

溝通是雙軌的來往，也就是父母對孩子、孩子對父母相互間好的表達。

在這一方面簡宛認為中國父母還有待向美國父母學習。由於中國父母受傳統的影響，不善於把自己對孩子的愛表達出來，這種含蓄不言的愛常會使孩子懷疑父母到底愛不愛他。簡宛說，美國社會是一個著重表達的社會，中國人來到美國也應入鄉隨俗，「把我們對孩子的愛表達出來」。

與孩子建立像朋友般的感情，也是致力好的溝通的一種方式。簡宛認為，如果孩子們和你有像朋友般的感情，他們遇到困難也就不會害怕與你談了。她舉例說，性和毒品在學校早是孩子們公開談論的話題，如果在家裡家長絕口不提這類事情，孩子就只好到外面去找資料來滿足他的好奇，外面的消息正不正確很難講。與孩子們有像朋友般的感情才能溝通，才能及時糾正他們錯誤的觀念。否則等到孩子交上了壞朋友，行為也變壞時才發現，再想辦法補救就遲了。

至於性方面的事，到底能和孩子談多深很難說，簡宛認為機會教育的方式比較好，用別人的例子來解釋往往要自然一點。對美國家庭不反對上五、六年級的孩子去約會這一點，簡宛覺得無法苟同，她認為一般中國家庭的做法是對的，孩子在十七、八歲前最好不要單獨出去約會，要去玩最好也是大夥集體去玩。因為孩子年齡還小，血氣方剛，很容易衝動，到上大學以後再交朋友，那時人比較成熟，選擇也會比較正確。

教養孩子，是一個緩慢的過程；耐心觀察，從小事可建立信心。

教養孩子是一個緩慢的過程，母親需要很有耐心。簡宛說，在教養兒女時父母最好能耐心觀察孩子的性向，鼓勵孩子一起做事情，可以觀察到他們的處理態度，父母也不妨告訴他們自己的計劃，對於比較沒有信心、膽怯的孩子，最好先讓他們從一件件小事中建立信心，不要眼高手低，弄得事情做不好頹喪氣餒不已。

簡宛說，許多母親從來不讓孩子做家事，也是因為沒耐心看孩子「瞎搞」，她們的理由往往是「我自己做比他們做又快又省事。」然而簡宛指出，「又快又省事不是我們教養孩子的目的，我們是要培養他們的能力。」所以要讓他們學著做事。

簡宛以自己的孩子為例，她說，她的小兒子在兩歲時最快樂的時刻是站在水槽旁「幫忙洗碗」。他站在旁邊實在是越幫越忙，她要擔心他從站著的椅子上摔下去，又要善後他濺得到處是水的廚房地板，但是，她仍是耐心地由他幫忙。做蛋糕時，小兒子也會拿著打蛋器幫忙，噴得到處是奶漬。但是，不可否認的，她說，長大後小兒子做事能力乾淨俐落，就是因為小時候她給了他機會「亂搞」的結果。

簡宛在她來美的十七年中，雖然做過全職工作、做過全職學生，但一直以家庭為重，在孩子小時她做的是半工，即使上課也只是選修一點課程，她認為配合家庭卻不放棄自我的世界才是對的。對於又要工作又得顧家的主婦，她由衷表示欽佩，但是，在她的新書「他們只有一個童年」中，她主張每個母親應以自己的孩子為主，因為每個人一生只有一個童年，應該給予孩子一個快樂的童年。

做母親的最大心願是教養好孩子，在母親節的前夕，祝福每一位母親都如願以償。

簡宛座談「中國家庭在美國」

——我也是這樣走過來的

中國家庭在美國應如何開創自己的路？相信每一位旅居海外的家庭主婦都有相同的困惑，如何才能扮演好賢妻良母的角色，又能兼顧自我的發展，融入美國社會，做一個快樂的現代女性？

本刊特邀請旅居美國十八年的名作家簡宛，於三月九日在紐約法拉盛本報總社舉辦了「中國家庭在美國——我也是這樣走過來的」座談會，來談她在美國生活的體驗。

簡宛說，現代婦女應扮演多重角色，不要將自己侷限在家庭的單一角色內，她以自己在美國十八年的心路歷程，來談中國婦女在美如何展開快樂人生。

簡宛說，十八年前，當她和夫婿石家興來美求學前，她已步入社會三年，在國中教書，來美後，驟然開始專職的家庭主婦，難免覺得不適應，但當時老大仍在襁褓中，只有二十個月大，她不得不放棄學業，專心照顧孩子。

每月二五〇元撐起一個家

留學生生活清苦，當年康乃爾大學給現在的石家興博士每月二百五十元的獎學金，半數繳了房租，剩下的只能當做生活費，為了貼補家用，也為了替孩子找玩伴，簡宛做了一年半的保姆，但她從未覺得後悔，她享受了孩子們童稚的樂趣。

閒暇時，石家興幫簡宛看孩子，陪孩子上公園餵鴨子，盪鞦韆，好讓簡宛能上圖書館，重溫書香。石家興博士自康乃爾大學畢業後，應邀至伊利諾大學研究，此時老大已上小學，簡宛便開始在伊大選讀兒童文學。兒童文學的課程並不輕鬆，每週要繳讀書報告，簡宛便帶了二歲的幼子上圖書館，一面讀書給兒子聽，一面也完成了讀書報告。

兒童文學選讀完後，簡宛便繼續選讀青少年文學；隨後石家與博士應聘至北卡羅萊納州立大學，簡宛也在北卡州大取得教育碩士學位。

在北卡十一年，簡宛如何與當地學校和社會融合呢？

她說，十一年前，北卡的中國人家約有五、六百戶，子女互以英語交談，不說中文；為了讓第二代子女至少會說中文，幾位家長合力創辦了中文學校，每週日上課，除了教授中文外，還包括書畫等。中文學校今年已成立十週年了，學生也由當年的四十人成長為今天的一百人。

除了教授中文外，她並積極參與學校的志願工作，為二年級的學生，介紹中國的種種，還舉辦了為時一週的「中國節慶」(Chinese Festival)。稍後，學校成立中文選讀課，她便應邀在學校擔任教授中文的工作，簡宛目前執教於北卡州一所女子大學，教授中國歷史。她說，這都是當年參與學校活動，做好了舖路的工作。

簡宛建議中國婦女，不要侷限家中，扮演單一角色，其實在家中仍然可兼顧許多工作，除了做家庭主婦外，擔任老師、作家或是畫家，都不會和家事衝突，所以現代女性不應成天關在家中，應走出家門，接觸社會，自己決定快樂的命運。

簡宛說，她經常接到朋友的來信或電話，述說自己嘗試做一個賢妻良母，卻不快樂，因生活中缺乏自我，沒有屬於自己的時間好支配；簡宛說，主婦不快樂的原因，主要是時間不夠用，和與家庭其他成員缺乏溝通。

犧牲太大又無建設性

簡宛說，許多家庭主婦成日陪著孩子，等孩子一睡覺，便趕著做家事，這種作法犧牲太大，且沒有建設性。而簡宛一向是孩子醒時，她逕自做家事，洗碗時便讓孩子在旁觀看，或和孩子一同吸地、摺衣服，甚至一同做餅乾、揉麵，等孩子熟睡後，她便看書、喝茶、寫文章，做一些心愛但平常沒有時間做的自我享受，從而兼顧了家庭和自我。

她並建議男主人們給太太一天的時間，讓太太們得以一償平日的嗜好，如週末讓妻子上圖書館，或是選修一門課，或是學些有興趣的技藝。她提到美國有辦得非常好的成人教育，包括語言、室內設計、園藝等許多免費課程，或只要繳少許的錢，便可上許多課。學習新事物的好處，除了自己確有收穫外，還可暫時拋棄繁瑣的家務，和社會接觸，開拓生活圈。

和家中成員缺乏溝通

主婦不快樂的第二個原因，是和其他家庭成員缺乏溝通。有些女人結婚十年後，發覺和丈夫無話可說，孩子們上學後，也不屑和自己交談，頓覺茫然與失落。其實和丈夫孩子的溝通應是及早做起，所以主婦應不斷充實自我，研習新事物，和丈夫才能有共同的話題；和孩子的溝通也不可忽略，簡宛談到有些父母疏於看顧孩子，將孩子放在電視前，讓電視成為保姆，據統計，美國孩童一天看電視七小時之多，此舉無異將陌生人邀入家中，讓陌生人的價值觀灌輸給自己的孩子，讓電視成為孩子的老師，所以家長們不能不關心和孩子的溝通。

簡宛認為和孩子溝通要注意三點，第一是獎勵，不斷地獎勵，可鼓舞孩子的信心，直接提出孩子做得好的地方，再說出你的欣慰；愛他，就要鼓勵他，不要責備他，這樣不僅可培養孩子的自信，也奠定了親子感情。

其次是父母親行為模式對孩子的影響。父母親言行舉止對孩童影響甚大，如果一家之中，成日爭吵，雞犬不寧，孩子自然認為吵架是稀鬆平常。孩子仰慕自己的父母，以父母為模仿對象，所以父母親不可不注意自己的言談舉止，你的影子便反映在孩子身上。

不要限制孩子的發展，應讓他們隨自己的個性發揮，也勿以性別來限定孩子角色的扮演。有些父母以洗腦方式，灌輸孩子「男孩不可哭」，「男孩不可穿紅衣服」，將孩子限定在傳統的角色中，這並不是很好的做法。簡宛說，她的老二在四年級時學刺繡，繡了一件十字繡作品，送給她做為母親節的禮物，她也不覺有何不妥。在這多元化的社會中，多學一樣技藝總是有益，何況將來離家唸書時，可自己縫釦補衣，不也是很好嗎！「我們就是太拘泥傳統的角色，以致男孩長大後，幾乎沒有一人會自己縫掉了的釦子，這實在是自己造成的。」

所以和孩子之間的溝通也是很重要的，你今日怎樣待你的孩子，你的孩子長大後也會同樣待你。和孩子能溝通，不致在孩子長大後，你不了解他們而覺得失落。

快樂女性的三方面

簡宛認為，人的生活由自我、家庭、社會三方面構成，三方面的發展均需保持均衡，才能成就快樂的女性。

如何知道這三方面是否發展均衡呢？簡宛教大家寫下自己目前扮演的角色，如：女兒、姊妹、學生、朋友、妻子、老師、主管、母親、作家、秘書、畫家等，再將各類角色歸類至「自我、家庭、社會」中，有些角色可同屬自我和社會，如：老師、作家等，有些角色可同屬自我和家庭，如：朋友。如發現家庭的份量太少，則應補充在家庭方面的付出；如自我的份量不足，也應給自己一個機會發展自我。自我、家庭、社會三方面互為調適，取得均衡，才是快樂的人生。如一位職業婦女，事業成功，她在自我和社會上都取得極大的發揮，但她對家庭付出太少，深覺愧疚不安，即使事業再成功也會不快樂。

簡宛說，中國家庭在美國的生活，可分三個階段，第一階段是孩子出生到上學約十年，這是自我成長時期，你可和孩子一同學畫、學鋼琴，和孩子一同成長；第二階段是孩子上小學後到離家前，是參與學校與社區活動的最好時期，家庭主婦最忌認為自己「只」是家庭主婦，其實主婦可做的事很多，孩子上學後，時間都是自己的，可以做很多事情的；第三階段是孩子上大學後，就是老美所謂的「巢空」，這時，所有的時間都是自己的，正是屬於夫妻的時期，可以開始享受人生了。

簡宛說，每一階段都有不同的樂趣，中國主婦在美國，注重自我、家庭和社會三方面的均衡發展，就可做一個快樂的現代女性。

抓住機會參與社會

座談會後，參加者提出問題，和簡宛討論，與會者對職業婦女應如何和丈夫相處、如何注意孩子的性向發展、如何面對孩子的交友和青少年問題、如何充實家庭主婦的生活等展開熱烈討論。

二十五學區委員朱寶玲參與社團和學校活動頗有心得，她十分贊同簡宛的說法，在孩子上學後，積極參與社會；她主張要抓住機會做事，志願擔任學校的義務工作人員。

有些職業婦女下班後在廚房中手忙腳亂準備晚餐，恨不得自己有三頭六臂，最見不得丈夫在客廳蹺起二郎腿，喝茶看報，一派悠閒，怎麼辦呢？

簡宛說，你可召喚他來廚房，讓先生和你說話，或唸一段報紙給你聽，或請他幫你洗菜切菜，讓他感受你的忙碌，和他的被需要。久而久之，丈夫這種視妻子忙碌而不見的「惡」習便會戒除了。

愛，就是接受他

簡宛談到，無論是夫或妻，都不應以自己要求的方式去要求對方，你希望他成為你的模式，他又希望你成為他的，難免發生衝突。其實愛也就是要接受對方，關愛對方和被關愛的感覺在國外尤其重要，要悉心培養。

如何注意孩子的性向培養呢？簡宛說，在孩子小時，和他亦師亦友，她有時和孩子玩交換扮演對方角色的遊戲，讓孩子體會做母親不是件簡單的事，你也可以因而較為瞭解孩子。孩子上學後，學校會做性向測驗，發掘孩子的興趣和才賦，但簡宛反對父母逼小孩學音樂、學畫，也不用逼孩子一定要在科學界發揮，除了課業和才藝外，要鼓勵孩子交友，參與社團活動，社團活動的表現也是列為大學招收新生的考慮，讓孩子多參與社團，也才能發揮他的興趣。

孩子上學後，在學校的時間和在家時間不相上下，極易受學校生活影響，尤其是朝夕相處的同學，到了青少年時期，「近墨者黑，近朱者赤」的作用影響很大，父母應如何面對這些問題呢？

簡宛說，孩子小時，可邀孩子的同學回家用餐或開派對，母親便可直接觀察小朋友，然後鼓勵孩子和好的小朋友交往，不必說不好的，孩子自然會走向你的期望。

到了青少年時期，簡宛鼓勵孩子參加集體約會(Group Dating)，不同意孩子一對一約會。簡宛告訴孩子，「等你會開車時再說吧，你想約會還要媽媽開車接送多沒意思。」等到孩子會開車了，也有相當年紀，反而對約會不那麼熱中了。

許多父母對美國社會充斥藥物濫用、酗酒的危機而憂心忡忡，而正面教導他們又難收到效果，怎麼辦？簡宛說，可用負面的方式教導他們，如帶他們參觀戒毒所，讓他們親眼看看藥物濫用的後果，報章雜誌有相關報導時，不忘讓孩子觀看，讓他們瞭解一失足成千古恨的後果，並給予孩子大量的關愛，孩子們自會辨別是非，不會做讓父母傷心的事。

每個女人追求的目標

家庭主婦要如何豐富生活呢？這個問題每次均會在討論會中提出，足見家庭主婦對它的關心。

簡宛以自己的經驗說，她和朋友組成了一個讀書會，每月集會二次，討論一本書的內容，交換心得，這是一個方式。簡宛也稱讚紐約二十五學區組成的華人家長會，這是婦女朋友在海外團結，參與社會的最好例子。

與會婦女，許多人關心和夫婿相處的問題，簡宛說，要常和丈夫溝通內心的感覺和生活體驗，這就需要靠豐富自己的生活了，如果家庭主婦成日退守家中，忙碌於柴米油鹽和奶瓶尿片之間，自然和丈夫可溝通的話題就少了，但要豐富生活，不一定要走出廚房，你仍然可是一位全職家庭主婦，但參與學校、社會活動，和做一些日常消遣，如：看書寫作等，和家庭主婦的職責是不衝突的。

中國家庭在美國，當然要盡力美化豐富它，做一個快樂的女性，而快樂與否，完全在自己的抉擇和努力了。（《世界日報》專訪作者陳雯娟）

為父之言

——後記

石家興

小兒石廷高中畢業，因為成績不惡，北卡州大甄選為最高榮譽學生之一，提供四年全額獎學金，還包括到歐洲大學上暑期班。親友們都很鍾愛他，又是恭喜，又有賀禮，外祖母也特地從臺灣來參加他的高中畢業典禮。

做父母的欣慰之情，不在話下，我們把節省下來的學費，買了一部小跑車送給他，是禮物，也是他六年中學努力的獎品。

當然，父母也不忘提醒他：

「車子是給你生活帶來方便與樂趣，不是讓你發瘋的，ＯＫ？」

看他開車時，高興得合不攏嘴，就像第一次教會他騎自行車的模樣，那時候才二年級，現在已跟我一般高了，但是，稚氣的笑容跟從前沒有兩樣。

簡常說孩子是「捏」大的，也頗有想像力，那時，一個巴掌就托著他們在臉盆裡洗澡，以後牽著手學步，扶著自行車學車，領著他們打球，不就像是在手心裡「捏」著長大的嗎？

老大石全去年畢業於康乃爾大學，典禮前特意到校園各處走走看看，因為老大是康大長的，老二是康大生的，所以值得留戀之處甚多。

在比碧湖畔，石全提醒了我：

「爸，這就是你滑落到冰水裡的地方。」

那時老大才五歲，在一個隆冬的晴日，父子倆外出散步，走到比碧湖邊，滿湖結冰，我一時童心大發，踏上大冰塊，想不到冰塊因我體重而游動，腳下一滑，便落入冰冷的湖水裡，石全急著說：

「爸，讓我拉你上來！」

當然我沒敢拉他，自己扶著岸邊爬了上來，渾身又冷又濕，他責怪我說：

「叫你不要去，你一定要去！」

我們父子就是這樣子一起長大的。

老二中學時上資優學校，凌晨很早就要搭校車去遠處就讀，他常貪睡誤了車子，他體諒母親，便站在我床頭，很抱歉地叫我：

「爸，巴士又走了。」

我再睏也只好打起精神送他上學。

石廷雖然貪睡，碰到自己喜歡的事絕不馬虎。小時候愛釣魚，清晨六點就來床頭叫我，父子倆便提著釣具去找魚，他釣魚很專注，我常在船中又睡上一覺。

家，一直是我們生活的重心，看著孩子的成長與成就是妻和我最大的快樂。我們覺得人生之中其他的名利是順便的，不必要去強求，「傳宗接代」原來就是生命的真實意義。往往很多人忘記了人生真正的目的，拚了命去爭取為外人所羨慕的利祿與名望，卻讓身邊的親人冷落與失望，有人覺悟得早，得以重圓，有人妻離子散，寂寞以終。

最近，布希總統夫人去衛斯理女子學院演講，有許多女學生反對她，認為她的地位是妻隨夫貴，不是自己賺來的。那些極端的女士，不是看輕了自己，就是看輕了家庭和下一代。若不是芭芭拉持家有道，她的丈夫哪裡做得到總統？如果美國都是破碎家庭，下一代又不斷墮落，做總統又有什麼光采？又所為何來？總統制度的目的是謀求人民生活的幸福，並不是高人一等的名位。

芭芭拉說得好：

美國的希望並不是在白宮，美國的希望是在你們每一個人的家庭。

她甚至又說：

在人生的旅程中，妳絕不會因為少做一項實驗，少贏一場官司，或少談一件生意而遺憾，可是，妳們將因為未與丈夫、孩子、朋友或父母共渡美好時光而抱憾終生。

話雖然是對女學生說的，對男仕又何嘗不然？你可以用顯赫的功業，來掩飾失敗的家庭和子女，但是，不容否認的，讓你感到衷心的安慰與快樂，還是子女的健康與家庭的和樂。

妻與我有一個共同的看法，就是把家庭放在第一優先。有時我們確實會因為顧家而放棄了一些「功業」的機會，但是，我們得到的補償，竟然如此的優厚！我們達成了為人父母的責任，也感到圓滿。

朋友開玩笑說：

「恭喜你們孩子的成就，恐怕都是媽媽的功勞吧！」

我同意地說：

「孩子好，當然是媽媽的功勞。」

簡聽了很高興，但是她接著說：

「孩子好，是媽媽的功勞，媽媽好，是爸爸的功勞。」

我也欣然同意，畢竟我是她的長期忠誠的支持者，為我們的下一代一起努力。

三民叢刊書目

①邁向已開發國家　孫　震著
②經濟發展啟示錄　于宗先著
③中國文學講話　王更生著
④紅樓夢新解　潘重規著
⑤紅樓夢新辨　潘重規著
⑥自由與權威　周陽山著
⑦勇往直前　石永貴著
　·傳播經營札記
⑧細微的一炷香　劉紹銘著
⑨文與情　琦　君著
⑩在我們的時代　周志文著
⑪中央社的故事（上）　周培敬著
　·民國二十一年至六十一年
⑫中央社的故事（下）　周培敬著
　·民國二十一年至六十一年
⑬梭羅與中國　陳長房著
⑭時代邊緣之聲　龔鵬程著
⑮紅學六十年　潘重規著
⑯解咒與立法　勞思光著
⑰對不起，借過一下　水　晶著
⑱解體分裂的年代　楊　渡著
⑲德國在那裏？（政治、經濟）　郭恆鈺　許琳菲等著
　·聯邦德國四十年
⑳德國在那裏？（文化、統一）　郭恆鈺　許琳菲等著
　·聯邦德國四十年
㉑浮生九四　蘇雪林著
　·雪林回憶錄
㉒海天集　莊信正著
㉓日本式心靈　李永熾著
　·文化與社會散論
㉔臺灣文學風貌　李瑞騰著
㉕干儛集　黃翰荻著

㉖作家與作品　謝冰瑩著
㉗冰瑩書信　謝冰瑩著
㉘冰瑩遊記　謝冰瑩著
㉙冰瑩憶往　謝冰瑩著
㉚冰瑩懷舊　謝冰瑩著
㉛與世界文壇對話　鄭樹森著
㉜捉狂下的興嘆　南方朔著
㉝猶記風吹水上鱗
　·錢穆與現代中國學術　余英時著
㉞形象與言語
　·西方現代藝術評論文集　李明明著
㉟紅學論集　潘重規著
㊱憂鬱與狂熱　孫瑋芒著
㊲黃昏過客　沙　究著
㊳帶詩蹺課去　徐望雲著
㊴走出銅像國　龔鵬程著
㊵伴我半世紀的那把琴　鄧昌國著
㊶深層思考與思考深層　劉必榮著
　·轉型期國際政治的觀察
㊷瞬　間　周志文著

㊸兩岸迷宮遊戲　楊　渡著
㊹德國問題與歐洲秩序　彭滂沱著
㊺文學關懷　李瑞騰著
㊻未能忘情　劉紹銘著
㊼發展路上艱難多　孫　震著
㊽胡適叢論　周質平著
㊾水與水神
　·中國的民俗與人文　王孝廉著
㊿由英雄的人到人的泯滅
　·法國當代文學論集　金恆杰著
(51)重商主義的窘境　賴建誠著
(52)中國文化與現代變遷　余英時著
(53)橡溪雜拾　思　果著
(54)統一後的德國　郭恆鈺主編
(55)愛盧談文學　黃永武著
(56)南十字星座　呂大明著
(57)重疊的足跡　韓　秀著
(58)書鄉長短調　黃碧端著
(59)愛情·仇恨·政治
　·漢姆雷特專論及其他　朱立民著

⑥⓪蝴蝶球傳奇　顏匯增著
・真實與虛構
⑥①文化啓示錄　南方朔著
⑥②日本這個國家　章　陸著
⑥③在沉寂與鼎沸之間　黃碧端著
⑥④民主與兩岸動向　余英時著
⑥⑤靈魂的按摩　劉紹銘著
⑥⑥迎向眾聲　向　陽著
・八〇年代臺灣文化情境觀察
⑥⑦蛻變中的臺灣經濟　于宗先著
⑥⑧從現代到當代　鄭樹森著
⑥⑨嚴肅的遊戲　楊錦郁著
・當代文藝訪談錄
⑦⓪甜鹹酸梅　向　明著
⑦①楓　香　黃國彬著
⑦②日本深層　齊　濤著
⑦③美麗的負荷　封德屏著
⑦④現代文明的隱者　周陽山著
⑦⑤煙火與噴泉　白　靈著

⑦⑥七十浮跡　項退結著
・生活體驗與思考
⑦⑦永恆的彩虹　小　民著
⑦⑧情繫一環　梁錫華著
⑦⑨遠山一抹　思　果著
⑧⓪尋找希望的星空　呂大明著
⑧①領養一株雲杉　黃文範著
⑧②浮世情懷　劉安諾著
⑧③天涯長青　趙淑俠著
⑧④文學札記　黃國彬著
⑧⑤訪草（第一卷）　陳冠學著
⑧⑥藍色的斷想　陳冠學著
・孤獨者隨想錄
A・B・C全卷
⑧⑦追不回的永恆　彭　歌著
⑧⑧紫水晶戒指　小　民著
⑧⑨心路的嬉逐　劉延湘著
⑨⓪情書外一章　韓　秀著
⑨①情到深處　簡　宛著
⑨②父女對話　陳冠學著

⑨³陳冲前傳　嚴歌苓著
⑨⁴面壁笑人類　祖　慰著
⑨⁵不老的詩心　夏鐵肩著
⑨⁶雲霧之國　合山　究著
⑨⁷北京城不是一天造成的　喜　樂著
⑨⁸兩城憶往　楊孔鑫著
⑨⁹詩情與俠骨　莊　因著
⑩⁰文化脈動　張　錯著
⑩¹桑樹下　繆天華著
⑩²牛頓來訪　石家興著
⑩³深情回眸　鮑曉暉著
⑩⁴新詩補給站　渡　也著
⑩⁵鳳凰遊　李元洛著
⑩⁶文學人語　高大鵬著
⑩⁷養狗政治學　鄭赤琰著
⑩⁸烟　塵　姜　穆著
⑩⁹河　宴　鍾怡雯著
⑪⁰滬上春秋　章念馳著
⑪¹愛廬談心事　黃永武著
⑪²吹不散的人影　高大鵬著
⑪³草鞋權貴　嚴歌苓著
⑪⁴是我們改變了世界　張　放著
⑪⁵夢裡有隻小小船　夏小舟著
⑪⁶狂歡與破碎　林幸謙著
⑪⁷哲學思考漫步　劉述先著
⑪⁸說　涼　水　晶著
⑪⁹紅樓鐘聲　王熙元著
⑫⁰寒冬聽天方夜譚　保　真著
⑫¹儒林新誌　周質平著
⑫²流水無歸程　白　樺著
⑫³偷窺天國　劉紹銘著
⑫⁴倒淌河　嚴歌苓著
⑫⁵尋覓畫家步履　陳其茂著
⑫⁶古典與現實之間　杜正勝著
⑫⁷釣魚臺畔過客　彭　歌著
⑫⁸古典到現代　張　健著
⑫⁹帶鞍的鹿　虹　影著
⑬⁰人文之旅　葉海煙著

131 生肖與童年　小民著　喜樂圖
132 京都一年　林文月著
133 山水與古典　林文月著
134 冬天黃昏的風笛　呂大明著
135 心靈的花朵　戚宜君著
136 親　戚　韓　秀著
137 清詞選講　葉嘉瑩著
138 迦陵談詞　葉嘉瑩著
139 神　樹　鄭　義著
140 琦君說童年　琦　君著
141 域外知音　張堂錡著
142 遠方的戰爭　鄭寶娟著
143 留著記憶・留著光　陳其茂著
144 滾滾遼河　紀　剛著
145 王禎和的小說世界　高全之著
146 永恆與現在　劉述先著
147 東方・西方　夏小舟著
148 嗚咽海　程明琤著
149 沙發椅的聯想　梅　新著
150 資訊爆炸的落塵　徐佳士著
151 沙漠裡的狼　白　樺著
152 風信子女郎　虹　影著
153 塵沙掠影　馬　遜著
154 飄泊的雲　莊　因著
155 和泉式部日記　林文月譯・圖
156 愛的美麗與哀愁　夏小舟著
157 黑　月　樊小玉著
158 流香溪　季　仲著
159 史記評賞　賴漢屏著
160 文學靈魂的閱讀　張堂錡著
161 抒情時代　鄭寶娟著
162 九十九朵曇花　何修仁著
163 說故事的人　彭　歌著
164 日本原形　齊　濤著
165 從張愛玲到林懷民　高全之著
166 莎士比亞識字不多?　陳冠學著
167 情思・情絲　龔　華著

⑱ 說吧，房間　林　白著
⑲ 自由鳥　鄭　義著
⑰⓪ 魚川讀詩　梅　新著
⑰① 好詩共欣賞　葉嘉瑩著
⑰② 永不磨滅的愛　楊秋生著
⑰③ 晴空星月　馬　遜著
⑰④ 風　景　韓　秀著
⑰⑤ 談歷史　話教學　張　元著
⑰⑥ 兩極紀實　位夢華著
⑰⑦ 遙遠的歌　夏小舟著
⑰⑧ 時間的通道　簡　宛著
⑰⑨ 燃燒的眼睛　簡　宛著
⑱⓪ 月兒彎彎照美洲　李靜平著
⑱① 愛廬談諺詩　黃永武著
⑱② 劉真傳　黃守誠著
⑱③ 天涯縱橫　位夢華著
⑱④ 新詩論　許世旭著
⑱⑤ 天　讎　張　放著
⑱⑥ 綠野仙蹤與中國　賴建誠著

⑱⑦ 標題飆題　馬西屏著
⑱⑧ 詩與情　黃永武著
⑱⑨ 鹿　夢　康正果著
⑲⓪ 蝴蝶涅槃　海　男著
⑲① 半洋隨筆　林培瑞著
⑲② 沈從文的文學世界　王　繼志　陳　龍　著
⑲③ 送一朵花給您　簡　宛著
⑲④ 波西米亞樓　嚴歌苓著
⑲⑤ 化妝時代　陳家橋著
⑲⑥ 寶島曼波　李靜平著
⑲⑦ 只要我和你　夏小舟著
⑲⑧ 銀色的玻璃人　海　男著
⑲⑨ 小歷史　林富士著
⑳⓪ 再回首　鄭寶娟著
⑳① 舊時月色　張堂錡著
⑳② 進化神話第一部
・駁達爾文《物種起源》　陳冠學著
⑳③ 大話小說　莊　因著

207
懸崖之約
海男 著

「男人與女人在此約會中的故事，貫穿著一個幸運的結局和另一個戲劇的結局」。一個患腦癌的四十歲女子，她要在去天堂之前去訪問記憶中銘心刻骨的每一個朋友，也許是密友、情人、前夫，她的生活因為有了昨日的記憶，將展開一段不同的旅程。

208
神交者說
虹影 著

人的情感總是同時交雜著出現，很難只用喜悅、悲傷、恐懼等單純詞語完整表達。而本書作者細緻地記述回憶或現實的片段，藉以呈現許多情況下（如養父過世，或只是邂逅陌生人等）人複雜多變的感覺，使讀者能自然地了解書中的情境與人物的感受。

209
海天漫筆
莊因 著

或「拍案叫好」或「心有戚戚」或「捫心自思」，作者以其多年旅居海外經驗，與自身文化激盪的心得，發為一篇篇散文，不但將中華文化精萃發揚，亦介紹西方生活的真善美。且看「海」的那片「天」空下，作者浪「漫」的妙「筆」！

210
情悟，天地寬
張純瑛 著

本書乃集結作者旅居美國多年來的文章，娓娓細述遊子之情。其文字洗鍊，生動感人，處處展現羈旅之心與赤子之情。作者雖從事電腦業，但文章風格清新雋永。值得你我風簷展讀，再三品味，從中探索「情」之真諦！

211

誰家有女初養成

嚴歌苓 著

「巧巧覺得出了黃桷坪的自己，很快會變一個人的。對於一個新的巧巧，窩在山溝裡的黃桷坪和窩在黃桷坪的一切人和事，都不在話下。」踏出黃桷坪的巧巧會有怎樣的改變呢？如願的坐上流水線抑或是……

212

紙　銬

蕭　馬 著

紙銬，這樣再簡單不過的刑具，卻可以鎖住人的雙手，甚至鎖住人心，牢牢的，讓人難以掙脫更不敢掙脫。隨便揀一張紙，挖兩個窟窿，然後自己把手伸進去，老老實實地伸直了手，哪敢輕易動彈，碰上風吹雨淋，弄斷了紙銬，一個個都急成了哭相……

213

八千里路雲和月

莊　因 著

本書可分為兩大部分，雖然皆屬於記遊文字、同在大陸地區，時間，卻整整相隔了十八年。作者以其獨特的觀點、洗鍊的文筆，道出兩段旅程中的種種。從這些文章，我們可以看見一些故事，也可以看出一位經歷不凡的作家，擁有的不凡熱情。

214

拒絕與再造

沈　奇 著

新詩已死？現代人已不讀詩？對於這些現象，作者本著長年關注現代詩的研究，對現代詩有其深刻的體認，無論是理論的闡述或是兩岸詩壇的現況，甚至是詩作的分析，都有其獨特的見解。在他的帶領下，你將對現代詩的風貌，有全新的認識與感受。

215

冰河的超越

葉維廉　著

詩人在新生的冰河灣初次與壯麗的冰河群相遇，面對這無言獨化、宇宙偉大的運作，面對「雪疊著雪雪疊著雪疊著永不溶解的雪／緩緩地積壓著／冰晶冰層冰箔相連覆蓋九萬餘里」的景象，喜悅、震撼、思涉千載而激盪出澎湃磅礡的——冰河的超越。

216

庚辰雕龍

簡宗梧　著

基於寫作興趣就讀中文系，卻因教學職責的召喚，不得不放緩文學創作的腳步。本書作為政大簡宗梧教授創作成果的集結，不僅可讓讀者粗識簡教授於教學及研究著績外的創作成果，也將是記誌簡教授今後創作「臺灣賦」系列作品的一個始點。

217

莊因詩畫

莊因　著

因心儀進而仿效豐子愷漫畫令人會心的幽默與趣味，作者基於同樣對世間生命萬物寬厚博大的關注與愛心，以他罕為人知的「第三枝筆」，畫出現今生活於你我四周真實人物的喜怒哀樂，並附以詩文，為傳統的中國詩畫注入了全新的生命。

218

換了頭抑或換了身體

張德寧　著

換了頭抑或換了身體？當器官移植技術發達到可以更換整個身軀時，我們要擔心的是生理上的排斥或心理上的抗拒？該為人類創造的奇蹟喝采還是為扭曲了人的靈魂而付出代價？藉作者精心的布局與對人深刻的觀察，我們將探觸心裡未曾到達的角落。

219

黥首之後

朱暉 著

政治上成分的因素，他曾前後被抄三次家，父母也先後被送入囹圄和下放勞改。他嚐盡世間的殘酷悲涼，看透人性的醜陋自私，但外在的折磨越狠越兇，內裡的親情就越密越濃。人性中最陰暗齷齪的一面與最光明燦爛的一面，都在這裡。

220

生命風景

張堂錡 著

每個人的故事，如同璀璨的風景，綻放動人的面貌。透過作者富含情感的筆觸，引領出成功背後的奮鬥歷程。文中所提事物，與我們成長經驗如此貼近，讓人油然而生「心有戚戚焉」之感。他們見證歷史，也予我們許多值得省思與仿效的地方。

221

在綠茵與鳥鳴之間

鄭寶娟 著

不論是走訪歐洲歷史遺跡有感，或抒發旅法思鄉情懷，抑或中西文化激盪的心得，作者以其一貫獨特的思考與審美觀，發為數十篇散文，澄清的文字、犀利的文筆中，流露著一種靈秘的詩情與浪漫的氣氛，讓讀者在綠茵與鳥鳴之間享受有深度的文化饗宴。

222

葉上花

董懿娜 著

讀董懿娜的文章，如同接受心靈的浸潤。生活的點滴，藉她纖細敏感的筆尖，便能在心中蕩起圈圈漣漪；娓娓的傾訴，叫人不禁沉入她的世界。在探求至情至性的同時，重新面對自己，循著她的思緒前進，彷彿也走出了現實的惱人，燃起對生命的熱情。

223

與自己共舞

簡宛 著

「與自己共舞，多麼美好歡暢的感覺！」長年旅居海外的簡宛，以平實真誠的筆調，與讀者分享「接納自己、肯定自我」的喜悅。書中收錄作者多年來與自己共舞的所思所感，包含對婚姻、家庭、自我成長的探討，值得讀者細細品味這分坦率至情的人生智慧。

224

夕陽中的笛音

程明琤 著

我們從本書中可領略程明琤對於生命的思索與感受，對於文化的關懷珍視，她更以廣闊的角度引領讀者去探索藝術家的風範和多彩的人文景致。讀她的文章不只是欣賞她行文遣字的氣蘊靈秀，真正觸動人心的是她對眾生萬相所付注的人文情懷。

225

零度疼痛

邱華棟 著

「我發現我已被物所包圍，周圍一個物的世界，它以嚇人的速度在變化更新，似乎我的生活已經事先被規定、被引導、被制約、被追趕。」作者以魔幻的筆法剖析現代人被生活擠壓變形的心靈。事實上，我們都是不同程度的電話人、時裝人、鐘錶人……。

226

歲月留金

鮑曉暉 著

以滿盈感恩的心，追憶大時代的離合悲歡，及中國這片土地的光輝與無奈；用平實命動人的文字，記錄生活的精彩，和對生命的熱愛與執著。作者將歲月中的點滴與感動，譜成這數十篇的散文，讀來令人低徊不已，並激盪出對生命的無限省思。

227

如果這是美國

陸以正　著

面對每天新聞報導中沸沸揚揚的各種話題，您的感想是什麼？是事不關己的冷漠？還是無法判斷是非的茫然？不妨聽聽終身奉獻新聞與外交事務的陸以正大使，如何以其寬廣的國際觀點，告訴您「如果這是美國……」

228

請到我的世界來

段瑞冬　著

從七〇年代窮山惡水的貴州生活百態，到瑞典中西文化交流的感觸，最後在學成歸國的喜悅中，驚覺中國物質與思想上的巨大轉變，作者達觀的態度及詼諧的筆調，好像久違的摯友熱情地對我們招手：「請到我的世界來！」

229

6個女人的畫像

莫　非　著

6個女人，不同畫像。在為家庭守了大半輩子門框後，他們要出走找回失落的自己，藉著幻想，藉著閱讀，藉著繪畫等等不同方式，讓心靈有重新割斷再連結的機會。盼能以此書，提供女人一對話的空間。

230

也是感性

李靜平　著

「人世間的很多事，完全在於你從什麼角度來看。」本書作者以幽默的口吻帶您挖掘出生活中的樂趣。不管是親情的交流或友誼的呼喚，即便是些雞毛蒜皮的小事，在她的筆下每個生活週遭的人物全都活絡了起來，為我們合力演出這齣喜劇。

231 與阿波羅對話　韓秀　著

自遠方來，我在陽光的國度與阿波羅對話。秋日午後的愛琴海波光粼粼，反射生命的絕代風采。這裡是雅典，眾神的故鄉，世人的虛妄不過瞬眼，胸臆間卻永遠有激情在湧動。殿堂雖已頹圮，風起之際，永恆卻在我心中駐紮。

232 懷沙集　止庵　著

「樹欲靜而風不止，子欲養而親不待」作者將對逝去父親的感念輯成本書。其間除了父親晚年兩人對談的點滴外，亦不乏從日常不經意處，挖掘出文學、生活的真諦。作者樸實的文筆，在現代注重藻飾的文壇中像嚼蘿蔔，別有一股自然的餘味。

233 百寶丹　曾焰　著

百寶丹，東方國度的神奇靈藥，它到底有多神妙？身世坎坷的孤雛，如何在逆境中自立，成為濟世名醫？一部結合中國傳統藥理與鄉野傳奇故事的長篇小說，一段充滿中國西南邊疆民族絕代風情的動人篇章。

國家圖書館出版品預行編目資料

與自己共舞／簡宛著.——初版一刷. ——臺北市；
三民，民90
面；　公分——(三民叢刊；223)

ISBN 957-14-3437-X　(平裝)

855　　　　90003343

網路書店位址　http://www.sanmin.com.tw

© 與自己共舞

著作人　簡　宛
發行人　劉振強
著作財產權人　三民書局股份有限公司
臺北市復興北路三八六號
發行所　三民書局股份有限公司
地址／臺北市復興北路三八六號
電話／二五〇〇六六〇〇
郵撥／〇〇〇九九九八——五號
印刷所　三民書局股份有限公司
門市部　復北店／臺北市復興北路三八六號
重南店／臺北市重慶南路一段六十一號
初版一刷　中華民國九十年四月
編　號　S 81088
基本定價　參元貳角
行政院新聞局登記證局版臺業字第〇二〇〇號

ISBN　957-14-3437-X　(平裝)